君偉上小學6

年級怪事多

文　王淑芬

圖　賴　馬

開場

各位大、小朋友，
不管你現在幾歲，
你一定曾經、或目前正是、
或將要讀國民小學。
這一套【君偉上小學】，
就是以國民小學為背景的校園生活故事。
本系列一共有六本，分別是：

《一年級鮮事多》、《二年級問題多》、
《三年級花樣多》、《四年級煩惱多》、
《五年級意見多》與《六年級怪事多》。
你正在讀幾年級？最懷念哪一年級？
歡迎認識張君偉與他的同班同學們，
請大家陪他們一起歡笑、一起成長。

目次

人物介紹 006
1 愛心大隊 008
2 偏方 019
3 感情生活 030
4 社交活動 041
5 楊大宏的藝術治療 051
6 范彬的苦肉計 058
7 祕密警察 065
8 校隊 077

9 畢業照……088
10 閱讀運動……099
11 萬能學校……109
12 升學輔導……121
13 六年級風暴……132
14 上電視課……144
15 畢業旅行……154
16 歡樂園遊會……166
17 母親，您真偉大……177
18 紀念……187

後記1 畢業典禮那一天……198
後記2 他們的畢業感言……202
附錄 《六年級怪事多》的回憶錄……204
作者簡介……206
畫者簡介……207

人物介紹

張君偉

雖然升上六年級，在媽媽心中，我卻永遠只有六歲。

張志明

這是我生命中最後一次領兒童節禮物，希望不要再收到鉛筆盒。

楊大宏
我剛過完十二歲生日，覺得人生進入新的轉捩點。
陳玟
我對六年級的期待是：希望全班繼續服從我的領導。
范彬
六年級的教室離合作社（注）太遠，不公平。
注：從前小學設有「合作社」，販賣簡單文具與飲食，方便學生購買。
暴龍老師
一年的時光將會飛快度過的，我深感安慰。

1 愛心大隊

開學不久，六年一班的暴龍老師就遇上一樁棘手事。

「本班誰最有愛心？」暴龍老師瞪大一雙暴龍眼，口氣比較像是在問班上同學：「誰吃飽沒事幹？」

張志明當仁不讓，一馬當先，把手舉高：「老師，我很有愛心。」

老師用「我還不了解你嗎」的眼神盯著張志明：「基本上，有愛心的人同時也會具備謙虛的美德。」

張志明「呵呵」笑著說：「哎呀，老師您別計較嘛。我知道您要選兩個人去愛一年級啦。」

班長陳玟實在聽不下去了，轉頭對張志明怒吼：「是擔任『愛心大隊』輔導一年級新生。」她同時憂國憂民的向老師報告：「張志明連『愛鼠常留飯，憐蛾不點燈』的典故都不懂，怎麼會有愛心？」

還好，在她準備起身為全班翻譯這句深奧的典故時，老師就明快的下達指令：「想參加的人下課時間找班長抽籤。」

暴龍老師挺沒愛心

的，每當遇到麻煩事，他就移交給陳玟處理。

陳玟是那種連彗星撞地球，也要搶先第一個被撞的人；什麼事交給她，就等於交給颱風，一不小心便會有幾棟房子被吹垮。

下課了，幾個自認有愛心的人圍在陳玟身邊，計有：張志明、范彬彬、楊大宏、李佩佩、丁美怡和我。

陳玟對兩個女同學嫣然一笑：「你們正好兩個人，就這麼決定嘍。」

「抗議！性別歧視。」楊大宏大叫。

張志明也幫腔：「就是嘛，當愛心大隊不必參加升旗典禮，又可以管那些小鬼，學期末還能領榮譽卡。這種好事憑什麼送給女生？」

陳玟氣呼呼的站起身問：「你有愛心嗎？」

「怎麼沒有？我最愛小孩子了，鄰居每個小孩都崇拜我，連隔壁賣燒餅的五歲女兒都堅持長大要嫁給我。」

李佩佩和丁美怡抱著肚子狂笑，范彬則羨慕的說：「那你一定每天都能吃到免費燒餅。告訴你，包豬肉餡的最好吃了……」

楊大宏推推眼鏡，冷靜的提醒：「老師說抽籤決定。」

陳玟「哼」一聲，不情不願的從抽屜拿出測驗紙，撕成七張。

「喂，只有六個人。」范彬對數數很在行。

陳玟瞪他一眼：「我也要參加，不行嗎？我是A型，最適合照顧弱小了。哪像你，連一年級教室在哪都搞不清楚吧。」

「我當然知道。」范彬急著說明：「就在合作社旁邊，

我每天買肉包時都會經過。」

本來我懷疑陳玟會趁機作弊，不過，抽籤結果，居然是我和張志明中獎，那就表示這是一次公開公平公正的理性行動。

張志明很高興，建議先擬定工作計畫。他想了想，交給我一項任務：「你回家畫一些恐龍，拿來當獎品。要用彩色筆著色，顯得比較高級。」

於是，上任的第一天，我們兩個人胸前別著「愛心大隊」勳章，拎著一袋高級精美禮品，向一年一班出發。

一年級老師開會去了，張志明站上講臺，精神抖擻的對臺下小朋友愛的叮嚀：「你們要聽話，乖的人送雷龍，

不乖的送暴龍。」他還恐嚇大家：「暴龍畫得很醜喔。」

我瞪他一眼；這可是我花了兩個小時才完成的心血。

坐在第二排的小胖哥很不滿：「我不喜歡雷龍，暴龍比較酷。」

窗邊鄉麻花辮的卻反對：「我只要凱蒂貓。」

張志明臨危不亂，大吼一聲：「安靜！你們再吵，就罰抄課文。」

麻花辮跑過來：「愛心大哥哥，什麼叫課文？我知道三班家蚊會咬人，害人得登革熱喔，電視有演。」

我只好把她拉回座位，拍拍她的頭：「小妹妹乖，這裡沒有三班家蚊。」

但是，蚊子這話題已經引起大家的興趣，小胖哥高聲宣揚他的豐富學識：「我媽媽說，蚊子是昆蟲，六隻腳的

都是昆蟲。」

麻花辮也在一旁呼應：「我媽媽說，章魚有八隻腳。蚊子會吸人的血，也會吸狗狗的血，還有貓咪的血、牛牛的血……」

趁她還沒背完動物名稱，我走向前去和張志明商量下一步計策。

「全班吵成一團，怎麼辦？」我皺起眉頭。

張志明打算在黑板記名字，我提醒他：「我們是愛心大隊呢，不能害他們被老師處罰。」

張志明想了想，宣布：「各位小朋友，我來說故事。」

全班總算稍微安靜一會兒。只有小胖哥不合作，直嚷嚷：「我也會說故事，我有參加幼兒園說故事比賽，得到企鵝隊第一名。我會說國王的新衣、小紅帽、大禹治水、

桃園三結義、晚安故事集……」

我很有耐心的聽他說完，然後叫他閉上嘴，不然就到走廊罰站。張志明提醒我，我們是愛心大隊呢。於是我改成「不然就在黑板記你名字」。

小胖哥很委屈的閉上嘴，還用雙手摀住耳朵表示拒聽。張志明笑著說：「沒關係，不聽故事的人我們罰他領一張暴龍圖片。」

本來我想提醒他小胖哥就是喜歡暴龍啊，不過他已經開始說故事了。

「從前，有一個國王很愛漂亮……」

才起了個頭，麻花辮就插嘴：「聽過了，這是國王的新衣。而且應該說『從前，有個國王愛慕虛榮……』。」

張志明想了想：「好，我換個故事。從前，有一隻小鴨子……」

「醜小鴨！」麻花辮又揭曉。

張志明白她一眼：「從前，有一個皮膚很白的……」

「白雪公主！」

張志明再接再勵：「從前，有一個老婆婆……」

「桃太郎！」仍然難不倒麻花辮。

我只好在一邊提詞：「說歷史故事好了。」

但是，張志明的社會一向不行，孔明借箭的故事他聽成孔明借錢。

當然，愛心大隊除了有愛心，還須有膽識，有智慧。張志明靈光一閃，大聲說：「好，那這個故事你們一定沒有聽過。」

「從前，有一個笨蛋……」

故事都還沒開始呢，這些一年級的小鬼一聽到笨蛋就笑得很開懷。

「這個笨蛋很笨，孔明借箭會聽成『孔明借錢』。」

全班簡直樂瘋了，個個笑得合不攏嘴，眼前只見一口一口的大蛀牙。

「還有啊，他第一天上學時，不知道廁所要怎麼蹲，屁股歪一邊。」

小胖哥不但把手放下來，還笑得直噴口水：「笑死人，屁股歪一邊。」

接下來，張志明把曾經發生在他身上的糗事一件件講出來，逗得小鬼們又是拍肚子又是打腦袋的，快樂似神仙。

總之，因為世界上有張志明這個笨蛋，所以，一年一班的小朋友度過一個幸福美滿的早自習；故事結束時，麻花辮顯然也已決定長大後要嫁給張志明。

一年一班的老師回來了，看見全班秩序井然，聚精會神的聽愛心大哥哥講故事，很欣慰的讚許我們：「太好了，請你們明天早點來。」

走出教室，張志明卻忽然下決心：「還是換陳玟來貢獻愛心好了。」

2 偏方

楊大宏從百科全書上抄來一張「身高體重標準對照表」，根據這張表提供的計算公式，我們可以算出自己長得正不正常。

當然，楊大宏已經在家算好了；與一般十二歲的兒童相比，他的身高不夠高，體重不夠重。楊大宏沉痛的說：「其實，不必計算，我從鏡子裡也看得出來，我太瘦小。」

楊大宏平時說的話，不是來自百科全書，就是出自世

界偉人或民族英雄的傳記，他說的話還會錯嗎？張志明立刻接口：「是啊，你說得很有道理。」為了強調楊大宏發言的權威性，他還補充：「連我都一目了然，你身高體重發育不正常。」

我拍一下張志明的頭：「不要學陳玟亂用成語，一句話罵兩個人。」

范彬也是那種長得讓人「一目了然」的過於肥胖。

「你們有沒有可以讓人長高的偏方？」楊大宏嚴肅的詢問大家，還不忘加條件：「必須

經過衛福部檢驗合格，有消費者基金會推薦書，沒有副作用，不影響環保，真空包裝，價格反應合理成本，以及至少一百萬個人使用有效證明。」

范彬和我異口同聲回他一句：「你在演講比賽呀？」

倒是張志明了解楊大宏：「這種男性的悲哀，我完全明白。女生比較喜歡高高壯壯的男生，太瘦小會讓人沒有安全感。」

楊大宏推推眼鏡，故作鎮定：「唉，本來我是不必在意這些的。我又不是市場上販賣的動物，用身高體重來決定身價；長高些，到圖書館借書，就不必借梯子。你們也知道，我比較常

借冷門艱深的書，這種書往往擺在櫃子最高處。」

大夥兒全肅然起敬的望著楊大宏：「原來如此。」

但是，楊大宏也同時透露，他不小心打聽到陳玟崇拜籃球國手。

張志明熱心的決定幫忙：「我外婆一定有辦法。她以前在鄉下養豬，每隻都身材傲人。雖然你不是豬，不過原理應該相同。」

「謝謝你的烏鴉嘴。」楊大宏瞪他一眼，神情哀傷的走開。

范彬被感染了，忽然也覺得命運作弄人：「唉，上天真不公平，

有些人就那麼瘦，有些人就是胖。」他一邊嘆氣，一邊將肉包吞下一大半。

我提出真心建議：「少吃高熱量食物嘛，健康與體育課本說的。」

「課本寫得那麼複雜，背都背不起來。」他將剩下的肉包塞進嘴巴，又大嘆一口氣，「反正，胖子是不可能變苗條的，我以後大概交不到女朋友。」

張志明說：「雖然胖子變苗條很難，但是苗條變胖很容易。」說完這句風馬牛不相干的話，他又補充：「這樣好了，有關美容的各項疑難雜症，統統包在我身上。為了本班的美觀，我會好好研究。」張志明還放出風聲，連女生他都願意幫忙。

聽到這項消息，陳玫馬上跑來咆哮：「喂！你這個蒙

古大夫，難道不知道醫療問題得請教專家？否則就是危害人間。」

張志明嘻皮笑臉：「別生氣，額頭會長皺紋。對了，你鼻尖容易出油，可以切片檸檬敷上去。」

「亂講，檸檬是美白；應該用蘆薈。」陳玟指正。

「隨便啦，反正你的皮膚已經開始老化，不趁早保養，會事倍功半。」為了配合陳玟，張志明也不忘來句成語。

「討厭，危言聳聽，唯恐天下不亂。」陳玟頭一甩，回到座位，然後盯著鉛筆盒的蓋子，一動也不動。

我悄悄走過她旁邊，赫然發現她的鉛筆盒是不鏽鋼

製，可以當鏡子。

范彬對張大夫的治療方法最忠實執行，每日中午只喝一瓶養樂多加檸檬汁，據說連續喝七七四十九天，就能擁有「魔鬼般的身材」。

我有些懷疑：「難道沒有長得胖的魔鬼嗎？」

我是合理的質疑，范彬卻不滿：「你一定要這樣打擊好朋友的信心嗎？」為了洩恨，他決定罰我買兩個肉包請他吃。

楊大宏也拿到張志明的偏方了；他必須每日朝東方默唸七七四十九遍「我很高，我很壯」。張志明還大方的公布：「有什麼心願，就默唸什麼口訣。」

范彬很興奮的舉一反三：「比如我就要唸『我很瘦，

我很帥』，對不對？」

陳玟不屑的撇撇嘴：「這種話，一聽就是怪力亂神，靈異現象。難道真的有人會相信？還有，為什麼是七七四十九遍？」

張志明眉毛一揚：「七七不是四十九嗎？」

「對呀。」范彬大聲接話，「七七不是四十九，難道是四十二？七六才是四十二，我以前常背錯。」

陳玟搖搖頭：「你們這些人腦筋都有問題，算我對牛彈琴。」

楊大宏發揮科學家精神，細心的請教張志明：「什麼時辰唸最有效？間隔幾秒唸一次？唸的時候

該採取立姿、坐姿還是跪姿？服裝有規定嗎？飯前還是飯後唸比較有效？」

張志明點點頭：「好，我今天再去麻煩隔壁的阿婆，請她問觀音菩薩時，問清楚一點。」

「這麼說，這是觀音菩薩給的偏方？」楊大宏陷入沉思，表情很奇特。

好半天，他才說：「這算是民俗療法，科學無法解釋的。我還是採取保留態度，先讓范彬實驗好了。」

張志明大笑出聲：「好啦，是我瞎掰的。我外婆說，男生本來就長得比女生慢，青春期以後就不同了。」

楊大宏仍然一臉悲情：「唉，青春期以後，就會長青春痘跟粉刺。」

「沒關係，到時候我再幫大家找偏方。關於青春痘，

我叔叔一定有辦法。他在夜市賣蛇湯，據說蛇湯去毒化膿，對付青春痘很有一套。」張志明滔滔不絕，一臉信心十足。

我忍不住提醒他：「咦？我記得你以前說，你叔叔賣蛇肉違反動物保護法，被警察抓了。」

張志明笑呵呵的接話：「放心，他現在賣的蛇肉湯不是真的蛇，沒有違法啦。」

這算什麼去毒化膿的蛇肉湯？

暴龍老師知道全班沉迷在美容大業上，很不高興的警告大家：「你們應該把精神用在準備期中考上。」

他還問張志明：「請問，期中考想拿高分，有什麼偏方啊？」

張志明搔搔腦袋瓜，不好意思的回答：「偏方很多耶。」他小聲的繼續說：「不過，老師你應該都不會想知道的啦。」

3 感情生活

范彬近來很快樂，但是也很苦惱；他的人生有了嶄新的意義——他喜歡本班一位女生。

這個女生不是別人，正是班長陳玟。

這個八卦消息得來全不費功夫；在一個炎熱午後，我請他喝一瓶冰涼礦泉水，為了報恩，范彬便神祕兮兮的把我拉到廁所旁，說要告訴我一個祕密。

「我只對你一個人說，你不可以告訴別人。」范彬圓

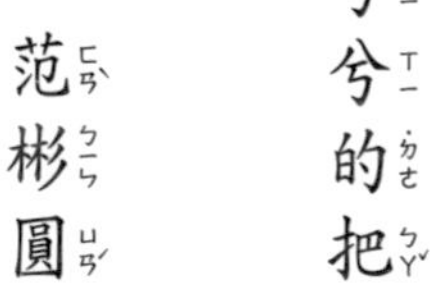

滾滾的臉，又紅又亮，洋溢著幸福氣息。

我豎起耳朵，興奮的發誓：「不會，不會；我一定守口如瓶。」

於是，他喜孜孜的小聲宣布，他很欣賞陳玟。

我張大嘴巴，好半天才回過神來：「可是……可是，她那麼凶。」

「哎呀，愛情是沒有道理的啦。」范彬眼角眉梢全是笑意。

這個超級新聞，真讓我難過死了；要不是發過誓，真想馬上跑去跟張志明和楊大宏分享。

得知一件驚爆內幕，卻不能

說，憋死人了。

放學時，我忍不住透露一點口風給張志明：「喂，你覺不覺得，范彬最近怪怪的呀？」

「哎喲，別大驚小怪，誰叫他喜歡陳玟。凡是欣賞這個母老虎的人，都是怪胎。」張志明語出驚人，我聽了差點摔進路邊排水溝。

「你……你怎麼知道？我沒告訴任何人啊。」

「是他自己告訴我的啦。」

原來，在另一個炎熱午後，張志明請范彬吃一碗愛玉冰，范彬為了報恩，也對他說了這個天大的祕密。

當然，我們都比不上楊大宏，他才是第一個參與范彬

感情生活的人；那是在一份超級美味漢堡全餐之後的報恩行動。

雖然我們早就知道楊大宏暗戀陳玟，不過，也僅止於暗戀。根據范彬的說法，既然楊大宏並沒有對女方展開正式追求，他便也有資格喜歡陳玟。最重要的，范彬觀察很久，發現陳玟每次對楊大宏說話，表情都很凶悍。足以證明，陳玟對楊大宏並無好感。

這個結論，讓楊大宏很心痛。張志明為了舒緩情緒，安慰他：「沒關係啦，班長對我說話，還不是目露凶光，活像隻可怕的大蜥蜴。」

楊大宏和范彬齊聲怒斥張志明：「你胡說！陳玟哪有那麼可怕？」然後，兩個人居然一起轉身離開。

張志明無奈的聳聳肩：「這算什麼兄弟？為了一個女

生，就這麼無情。」

我用范彬的話來解釋：「愛情是沒有道理的啦。」

為了引起陳玟注意，范彬開始準時交作業，還忍痛準備每天少吃一個肉包，以恢復修長身材。

張志明一向為善不落人後，眼看范彬為了感情苦惱，便興致勃勃的自願擔任戀愛顧問。他提供范彬一個愛情偏方：「寫情書給陳玟。」

但是，范彬不擅長寫作；其實，他也不擅長寫字，連

開學時暴龍老師規定的「緊急家庭聯絡資料表」，都是楊大宏利用下課時間幫他寫的。因為他家地址是「博義路」，他嫌筆畫太複雜。

當然，現在他不能再求助於情敵楊大宏。所以，范彬咬咬牙，把當天準備購買養樂多加檸檬汁的費用，捐給張志明，讓張志明去圖書館幫他影印一些情書；據張志明表示，圖書館有一些談情說愛的書，絕對適合戀愛中的人參考使用。

好友有難，我豈能坐視不管。我請媽媽幫我買了本《唐詩三百首》，打算找些纏綿動人詩句來打動女霸王的鐵石心腸。媽媽聽到我想讀詩，感動得摟住我：「乖孩子，真有媽媽的遺傳，文藝氣質終於顯現了。」還不忘來一句：「讀詩的孩子不會變壞。」一口氣買回三種不同版

本的詩集。

我花了整整一個晚上，把詩集上看起來很有情調的詩句，統統抄下來。比如「千山鳥飛絕，萬徑人蹤滅」、「北斗七星高，哥舒夜帶刀」，還有「舉頭望明月，低頭思故鄉」；這些句子，又是星星月亮，又有鳥在飛，簡直浪漫得不得了。

張志明也很有效率，他印了兩頁寫滿「情啊愛啊」的文章，提供給范彬參考。

范彬看著手中這幾張「戀愛講義」，頭痛極了。他說：「這麼多生字，還要查字典，真麻煩。」最重要的，他根本不知道這幾頁講義有什麼用。

張志明氣急敗壞的罵范彬：「你呀，光會吃，追女生當然得注重形象。陳玟會接受一個國語老是考五十分的男

朋友嗎？」

范彬心很痛，覺得我們在打擊他的信心；所以，他罰我們去買兩個肉包請他吃。

「不減肥啦？」我好奇的問。

范彬很有骨氣的抬起渾圓雙下巴：「算了，我想通了。我年紀太小，不適合談戀愛。而且我姊姊說，以後我長大還會認識更多聰明漂亮的苗條女生。」

同時，范彬也承認，陳玟和他八字並不合，星座也不配。何況，今天早上，陳玟為了催繳范彬的作文簿，以很複雜的成語罵他，有幾個成語他聽都沒聽過，萬一真的交往，溝通上會產生困難。

楊大宏知道范彬的感情生活暫時告一段落，彷彿鬆了一口氣，主動表示要幫他擬定作文大綱。

范彬一邊咬掉半個肉包，一邊笑嘻嘻的提議：「我把陳玟讓給你，你應該報恩，乾脆幫我把整篇作文寫完。」

楊大宏推推眼鏡，很嚴肅的說：

「做人要有原則，我不能因為兒女私情，就違反班規。」

正說著，陳玟瞪大一雙蜥蜴眼，氣沖沖走來，指著范彬開口就罵：「如果你明天再不繳作文簿，我就罰你。」

楊大宏見色忘友，竟然也跟著發表高論：「是啊，為了你一個人，讓班長很難做事。你不知道當幹部是很辛苦的嗎？」

哪料到陳玟居然不領情，反而轉頭改向他發射火箭炮：「不必你多管閒事！范彬雖然缺繳作業，但他還滿老

實可愛的。哪像你，只會背百科全書，索然無味，不懂情趣。」

我們全都呆愣在原地，不敢相信陳玟會誇讚范彬。

等到陳玟走遠了，范彬立刻把剩下的肉包塞進嘴巴，歡天喜地的大聲宣布：「張志明，明天繼續幫我買養樂多加檸檬汁。」

「但是你剛才說，陳玟和你星座不配，八字不合。」我提醒他，怕他一時意亂情迷，喪失理智，被女霸王欺騙感情。

張志明拍拍我的肩：「唉，感情是沒道理的。」

楊大宏推推眼鏡，搖著頭說：「十二歲女生的心理難以掌握，撲朔迷離。因為她們根本不了解自己真正的需求，只看到表面，只依情緒的喜怒哀樂來決定行為……」

我和張志明異口同聲打斷他的發言：「拜託你不要再背百科全書了。」

而范彬彬，又重新找到人生意義，決定馬上回家寫作文。他說：「你們幫我印的情書和唐詩，抄起來就有好幾頁。」

有沒有搞錯？暴龍老師出的作文題目是「我對六年級的期望」，難不成范彬彬要這麼寫：「自從我升上六年級，就千山鳥飛絕，萬徑人蹤滅……」

4 社交活動

自從范彬心有所屬，情歸陳玟，忽然變得生龍活虎，腦筋也靈光起來，經常產生大膽而富有創意的妙點子。

比如，他從家裡開的文具店帶來幾本空白筆記簿，很諂媚的獻給陳玟，說是讓她用來登記違規學生名單，還可以分類：早自習一本、午休一本、科任課另記一本。

陳玟欣然接受這份厚禮，並且打開登記簿，第一個就寫下范彬的名字。

「我怎麼啦？」范彬大驚。

陳玟公正無私的回答：「昨天回家路上，你一直跟張志明開玩笑。」

范彬垂頭喪氣的走回座位，對張志明抱怨：「真搞不懂女生。」

楊大宏走過來，冷酷無情的揭發范彬罪狀：「你為了兒女私情，出賣全班，讓大家陷於水深火熱之中。」

范彬很生氣，他最恨別人講話時使用成語，因為有的老師沒教，他聽不懂。

張志明卻挺身為范彬辯護：「他是不得已的啦。」

楊大宏推推眼鏡，以權威的口吻評論著：「追女朋友，應該採取比較浪漫的行動，可以約她出來逛書店、參觀歷史博物館。」

范彬眼睛一亮：「對呀！我怎麼都沒想到？我可以約班長去打電動，或逛夜市吃烤魷魚。」

提到食物，范彬更是兩眼放光，精神大振。

楊大宏發覺自己無意中獻計幫助情敵，簡直痛不欲生，撇撇嘴不屑的說：「哼，陳玟不會那麼沒有品味。」

范彬是個行動派，說做就做，立刻走到陳玟面前，溫柔的說：「班長，我想請你去夜市撈小魚、吃雪花冰，好不好？如果你想買烤魷魚，我也可以幫你出一半的錢。」

楊大宏一副快要吐出來的樣子，推推眼鏡，嚴肅的表態：「夜市又髒又亂，

充滿傳染病源，假鈔偽幣也很多；要請客怎能挑這種地方？我個人以為，參觀博物館才是明智的選擇。」

可惜陳玟不但接受范彬邀請，還說博物館之前去過了，夜市比較熱鬧，並且大方的建議讓李佩佩、丁美怡也一起參加。她主張：「我媽媽說，人多勢眾，遇到歹徒才不會驚慌失措。」

范彬很興奮，拉我和張志明一起去；同時為了應付陳玟的高深成語，他也咬牙忍痛邀請楊大宏同行。

張志明高聲歡呼：「哇，好過癮，和班長約會耶！」

楊大宏推推眼鏡：「這是『社交活動』，不是約會。我媽媽說過，十二歲的少年應該有正當社交活動，可以藉

此培養人際關係，熟悉兩性相處之道。」

本來，楊媽媽打算租一部小型巴士，陪我們七個人遊夜市，順便到美術館看世界名畫，陶冶身心。在我們強烈反對後，她才改成送我們到公車站，依依不捨的一再叮嚀：「如果迷路就打電話，天涯海角我都會去接你們。」

我們怎會到天涯海角？不過搭四站公車到夜市逛逛嘛。

楊媽媽把地圖和指南針塞進楊大宏背包，又遞給張志明一瓶對付歹徒的辣椒噴劑。至於我和范彬，任務是帶紅藥水和暈車藥。

我問楊媽媽：「才四站公車，應

該不會暈車吧？」

但是楊媽媽說天有不測風雲，世事難料，還是帶著，有備無患。

上公車後，范彬有點緊張，拉著張志明，離女生遠遠的，小聲問：「陳玟答應跟我約會，是不是表示她對我有好感？」

「她是對烤魷魚有好感啦。」張志明真不夠朋友。

我也小聲提醒：「也許她是對楊大宏有好感才來的。」

范彬送我一個大白眼：「等一下吃冰的錢你自己付。」本來，他說好請大家吃雪花冰的。

下車後，三個女生走在前頭，根本不理我們四個好漢。她們一會兒蹲在撈魚攤位前誇獎小魚好可愛，一會兒又站在服裝店門口指指點點。我們只好一路跟著，怕走散

了。因為只有李佩佩來過，認得回家的路。

范彬嘆氣：「這算什麼約會嘛，不好玩。」

「沒關係，吃冰的時候，我們讓你和陳玟坐一起，嘻嘻。」張志明出妙計。

范彬圓滾滾的臉漲得通紅，扭扭捏捏：「討厭啦，你不要作弄我。」

楊大宏一臉悲戚，盯著路邊的臭豆腐直看。

終於，眼前出現「雪花冰」三個字。范彬跑向前招呼三個女生：「我請大家吃冰，口味有烏梅檸檬草莓綠豆紅豆花生情人果……」

這是張志明教他的，故意把「情人果」當壓軸，具有暗示效果。

不過陳玟跟范彬沒有默契，反而調

侃他：「哎喲，國語課本如果也像這樣背得滾瓜爛熟，就不會名落孫山，無顏見江東父老。」

范彬一陣心痛，差一點掉頭就走。但是他又想到：「好久沒吃雪花冰了。」最後還是請這三個沒良心的女生大吃一頓。

當我們吃完走出來時，范彬舔舔嘴角的巧克力醬，笑咪咪的又是好漢一條，彷彿對人生已恢復信心。當然，從前方傳來的烤魷魚香，應該是主要原因。連剛才不小心忘記要坐在陳玟身邊，反而和楊大宏肩並肩，他也完全無所謂了。

吃完烤魷魚。楊大宏看看手錶，開口說：「五點，該回家了。」

陳玟大叫一聲：「我要上英文課。」

楊大宏跟著大喊：

「我也是。」

他那得意的語氣，讓范彬很氣憤。因為范彬什麼課也沒有，他一向在五點三十分準時收看卡通。

回家公車上，楊大宏和陳玟有說有笑，主要理由是他們的英文老師都很凶，出的作業疊起來比摩天大樓還高，所以他們有共同的「罵」題。

范彬有些不甘心，悄悄對張志明和我說：「哼，楊大宏剛才點的綠豆冰，比我的雪花冰貴五元。而且陳玟還一直對他笑。」

看在雪花冰的分上，我也替他打抱不平：「班長根本沒有偉大情操，吃你的喝你的，卻和楊大宏談情說愛。」

范彬的圓臉一下子扁了幾分，眼神黯淡：「唉，可能是我們八字不合吧，星座也不配。」

他又自暴自棄的補充：「我等一下回家就大吃大喝，肥死自己，讓全世界的女生都不喜歡我。」

我倒覺得他說這句話時，臉上充滿愉快表情。

張志明很樂觀，覺得頗有收穫：「沒關係啦，至少我們都親眼看到女霸王的另一面。剛才她不是買了很多明星相片嗎？好幼稚喔。哪像我，我都是收集恐龍貼紙。」

5 楊大宏的藝術治療

從前有位偉人，告訴世人：「每一個人，一生都在追求他失去的另一半，只有找到那一半，才能完成一個完整的自我。」

這位偉人是誰不重要，重要的是，經常在讀百科全書與「偉人書」的六年一班副班長楊大宏，對這句話非常有感覺。

楊大宏偷偷喜歡班長陳玟，這件事全班都「偷偷的」

知道。尤其是范彬也偷偷的喜歡班長，更讓這件事顯得刺激。張志明對這件「案子」的描述是：「本班最值得列入科學展覽的一個研究題目。」

但是，感情一點也不科學，更無法使用科學方法去研究、解決，這是楊大宏最苦惱的地方。因為，經由他精密的「數字分析」，再加上張志明提供的「星座與血型」對照表，他和陳玟實在是「門不當戶不對」。

比如：陳玟的身高比他高十三公分，體重比他重五公斤，組成「十三號星期五」這樣的驚悚數字，當然表示他

們兩人的情路坎坷。

就連張志明也說得頭頭是道：「你是水瓶座，陳玟是射手座；請問，厲害的射手會射水瓶嗎？當然不會，是射箭才對。」

這段啟示聽起來怪怪的，但仍然讓楊大宏心慌意亂。

張志明一向熱心助人，尤其是對於「為情所困」的好朋友，他覺得更該兩肋插刀、義不容辭。看到堂堂一位男子漢，為情所困，真讓他痛心。尤其自從楊大宏陷入苦戀，就沒有心情替他想作文要寫什麼，有時連造句都不肯幫忙。

張志明想到一帖妙

方：「我到廟裡求一張符，燒掉後讓他泡水喝，然後就把陳玟忘掉。」

但是，楊大宏的媽媽不可能讓他喝符水。楊大宏吃的每樣食物，楊媽媽都恨不得先嚐一口，再讓她的寶貝兒子進食。何況，這種反科學的舉動，也不是楊大宏的風格。

「風格！你還講風格。再不振作，你的功課就要退步啦。」張志明恨鐵不成鋼，根本忘了他自己的功課才需要操心。

沒想到，上美勞課時，趙老師忽然提到：「現在有一種治療心病的方法，叫藝術治療。就是利用音樂、畫畫這些創作方式，來抒解病人的心理……」

趙老師接下來說了什麼，張志明已經聽不進去了，只注意到「藝術治療」四個字。這當然是治療楊大宏最好的

方式——讓他聽音樂，還有比這個更簡單的方法嗎？

張志明興奮的來找我商量：「我們怎麼都沒想到呢？聽音樂是很棒的治療方法，外國的牛也是聽音樂，然後就擠出香濃的牛奶。」

雖然不是要從楊大宏身上擠出牛奶，但我也同意這種方式可行。

既然是治療，選擇合適的音樂便十分重要。我們研究半天，只有一個結論：「多找些聽了會想失戀的歌，讓楊大宏感動。」

於是，我們跑去請教陳玟——沒辦法，因為她是本班除了楊大宏以外，第二聰明的學生。

「男生要聽什麼歌，才能夠忘掉女生？」

陳玟瞪大眼睛：「你們是不是中暑，腦筋被晒壞了？喔，我知道，你們是在諷刺、嫉妒女人的成就。」

忘掉女生？恐怕很難，對張志明和我來說更難。因為，當天回家後，我們的媽媽分別接到暴龍老師的電話，主要內容是談「兩性平等教育的重要」。

暴龍老師為了證明他「不重男輕女」，第二天上課時，還特別沉重的說：「這個世界，每個人一生都在追求

他失去的另一半，只有找到那一半，才能完成一個完整的自我。男生，不可以輕視女生，她也許就是你在尋找的另一半。」

楊大宏舉手發表感想：「老師，您說得對極了。」

6 范彬的苦肉計

范彬喜歡班長陳玟，說來並不稀奇；在這個地球上，凡是長得有點飽滿的東西，都能讓他喜歡，不論是漢堡（尤其是雙層牛肉堡），或是馬鈴薯（可以炸出一大盤薯條），都會使他眉開眼笑。

陳玟是班長，是個既聰明又不會長得太乾癟的女生，范彬覺得全班唯有她配得上自己，至少在體重上。

自從楊大宏也有意無意表示他和陳玟「在討論功課

時，雙方溝通無礙」，范彬便氣得每日只吃五餐，下午第一節下課的那一餐就不吃了，用來觀察楊大宏有沒有假借各種名目，靠近陳玟身邊。

近來他又從張志明那裡聽到楊大宏正在進行「藝術治療」，說是要「忘掉陳玟，恢復男人正常本色」，其中似乎又跟聽音樂有關。范彬越想越不安，很害怕被這位號稱「百科全書」的情敵用「調虎離山計」給騙了。

「喂，張志明，你想不想吃陳皮梅？」范彬為了戰鬥，準備付出一切代價，連最心愛的陳皮梅都拿出來用。

張志明不愛吃陳皮梅，不過，他挺講義氣，勸了勸范彬：「你別跟楊大宏一樣，眼中只有女生。我們當學生的，就是要將心思放在功課上。」

范彬剝了顆陳皮梅，一把塞進嘴裡，口齒不清的說：「咦，這不是剛才暴龍老師對你講的話嗎？全班只有你一個人沒交作業。」

張志明瞪他一眼：「沒交作業不重要，重要的是沒交的理由。我昨天幫媽媽賣麵，賣到凌晨才回家呢。」

「咦，你媽媽不是改賣化妝品嗎？」

「她不能去兼差打工嗎？」張志明又瞪他一眼。

范彬嘆了口氣，又塞進一顆陳皮梅，說：「像我這種又胖又笨的男生，女生是不會看上眼的，唉。就算我有再多美德也沒用。」

張志明本來想問：「你有什麼美德？」看到范彬那副自怨自艾的模樣就閉嘴了。

「其實，女生最有同情心，看到小貓被小狗追，都會可憐兮兮的哇哇叫。」張志明以「兩性分析大師」的模樣開始講課，他拍拍范彬肩膀，「所以，你不必太擔心。胖不是問題，想辦法讓女生對你產生同情心，就可以啦。」

范彬眼睛一亮：「你是說，我讓小狗追，女生就會同情我？」

輪到張志明嘆氣：「范彬先生，我也開始同情你了。」

張志明天生喜愛助人，只要不是他的事，他都特別有

興趣。尤其這種複雜的三角關係，簡直使他熱血奔騰。他立刻獻上一計：「我幫楊大宏擬的，是藝術治療法；你嘛，就用苦肉計。」

范彬忘了這種又幫敵人又幫自己的行為，本就十分矛盾；不過，既然楊大宏都已經在進行治療了，他豈能鬆懈？

「我該怎麼做？」

范彬塞進最後一顆陳皮梅，搓搓手，抹抹嘴，那樣子好像在宣

布：「同志們，我要上戰場了。」

張志明想了想，建議他：「從今天起，有事沒事，你都要裝可憐，吸引陳玟的注意力；最好能激起她的母愛。」

范彬雖然覺得「母愛」聽起來很奇怪，但只要有愛都是愛，他決定努力一試。

第二天，范彬努力的在走過陳玟座位時，摔上一大跤，把陳玟也推倒了。

「范彬，你你你你，沒長眼睛啊？」陳玟扶起桌子，破口大罵。

下課後，張志明拉著范彬，喜孜孜提醒他：「我說的沒錯吧。陳玟沒有用成語罵你耶，她被你感動了。」

范彬圓滾滾的臉立刻漲紅了：「討厭啦，人家不是故意的……」

7 祕密警察

陳玟這幾天總是愁眉苦臉，因為她的班長生涯面臨重大考驗。

她獲選為學校「節奏樂隊」的一員，負責打低音鼓。但是，樂隊練習時間是在早自習，所以，如果她去打鼓，便失去登記違規同學名字的機會。

在黑板登記名字，已經成為陳玟生命中的一部分；「一日之計在於晨」，對她來說，每日生活沒有從記名字

開始，簡直就是人生乏味。

不過，打低音鼓也同樣吸引她。據她自己描述：「低音鼓的聲音沉穩動人，堅定不拔，和我個性很像。」而且，節奏樂隊的制服高雅大方，她覺得穿在身上很能襯托自己的氣質。

樂隊開始練習的第一天，她走到教室門口，望著空蕩蕩的黑板，感覺心如刀割。最後，她總算做出重大決定：「副班長，我不在時由你負責管秩序。如果有人講話走動，絕不可姑息養

奸，不能因為是你好友就坐視不管，要大義滅親。」

在全班喜悅的眼神中，她拖著沉重腳步無奈離開。楊大宏推推眼鏡，大聲宣布：「自己管自己。」然後，就低下頭研究百科全書，不理會班上同學的動靜。

張志明覺得很不習慣。往常早自習時間，除了每週三天到一年級擔任「愛心大隊」，另外兩天在教室裡他忙得很，節目很緊湊，比如和陳玟爭辯他剛才的說話行為，是屬於「討論功課」還是「聊天瞎掰」；還有，利用陳玟不注意時，和我傳紙條、比手畫腳。然而，陳玟不在了，沒有人管秩序登記名字，漫長的早自習時間從此一片黑暗，了無趣味。

正當張志明百般無聊的欣賞恐龍貼紙時，暴龍老師忽然出現了。

「今天怎麼搞的？這麼安靜。」暴龍老師覺得有詐。

張志明解開老師的疑惑：「班長去練節奏樂，沒有人記名字啦。」

暴龍老師皺起眉頭：「班長不管秩序，反而悄然無聲，奇怪。」

這有啥奇怪？平時班上的嘈雜聲音，有一半歸功於陳玟的「你明明就有張開嘴巴」、「你有亂動」、「你想講話我知道」、「你轉頭」；最要命的是，她的「你」很少是指女生；班長有嚴重的性別歧視。

暴龍老師點點頭：「繼續保持，等一下導護老師會來打分數。記住，本班上星期沒有領到秩序冠軍獎牌。我的

字典裡是沒有『亞軍』這個詞的，大家小心點，尤其是那些喜歡在早自習打呵欠的人。」老師一面警告，一面盯著張志明看。

上星期，導護老師來打分數時，正好張志明伸懶腰，打一個好大的呵欠，外加一聲響徹雲霄的霹靂噴嚏。陳玟一直認定，就是這個噴嚏害我們痛失冠軍。

張志明嘟起嘴小聲抱怨：「我又不是故意打噴嚏。」

話沒說完，暴龍老師忽然也打了個大噴嚏；他掏出手

帕，摀住鼻子，嚴肅的說：「夏天要小心，不蓋被容易著涼。」然後便快步走出教室。

全班又恢復死氣沉沉。同學有的翻故事書，有的看著窗外發呆；我則拿出計算紙畫圖——自從擔任「愛心大哥哥」，我每天都得畫幾張「漂亮雷龍」當獎勵卡，幾張「醜暴龍」當懲罰卡。這是張志明管理一年級的祕方。

好不容易早自習結束，陳玟快步奔回教室，一進門就看黑板。

當她發現黑板空空洞洞，一個名字也沒有，立刻臉色蒼白的質問楊大宏：「你沒有盡到代理人職責，棄班級榮譽於不顧？」

楊大宏推推眼鏡，低聲下氣的辯白：「我有管啊。雖然你不在，但是全班都悄然無聲，和你在時一模一樣。」

張志明也加一句旁白：「是啊，我連呵欠都不敢打。」

但是陳玟不滿意，她認為她不在時，全班必定藉機鬧翻天。想了很久，她打算請媽媽幫她買一部攝影機，架在講臺。當她練習節奏樂時，可以利用現場錄影來遙控班級秩序。

張志明第一個贊同：「好耶！我從來沒有拍過影片。」

但是楊大宏覺得此舉浪費時間，又造成同學的心理壓力。說不定會有人因此而心思恍惚，無法集中精神上課，造成個人素質下降，減低國家競爭力。

「哎喲，班長，你信任我們嘛。你不在時，我們都快樂得說不出話來呢。」張志明這麼一刺激，陳玟更坐立不安，下課時一直拉著幾個女生到廁所旁共商大計。

第二天早自習時，陳玟竟然帶著愉快神情走出教室。

我清楚看見她朝李佩佩和丁美怡使個眼神，便轉頭低聲提醒張志明：「小心間諜。」

張志明也點點頭。整個早自習，他直盯著那兩個女生，防範一不留神，有把柄落入她們手中。我和張志明都深信，陳玟一定是暗中請這兩人登記違規名單。哼，祕密警察！

陳玟回來時，很大方的宣布：「自下週起，節奏樂隊練習時間，除了早自習，另外增加午休時間。從此我陪各位的美好時光，越來越少了。」

張志明笑嘻嘻：「沒關係，我們能體諒。你不在時，

我們會給你友情的祝福，祝節奏樂隊生意興隆，練習時間越多越好。」

陳玟不但不生氣，還以詭異的眼神看他一眼。

沒錯！她一定安排了祕密警察，才會如此安心。

不過，道高一尺，魔高一丈。張志明說：「只要我在那兩個女生面前規規矩矩，她就拿我沒辦法啦。」

誰知道班會時，輪到幹部報告，陳玟一上講臺，站都還沒站穩，便攤開手中一張白紙，大聲開始宣讀：「星期一早自習，張志明桌下一張衛生紙；星期二，張志明和張君偉在比手語；星期三，張志明嘆了三次氣，很大聲，有可能被導護老師聽見了；星期四，張志明一直對范彬傻笑，但是范彬沒理他……」

張志明臉色發青，以懷疑的眼光盯著我看。我搖搖

頭，表示：「我哪知道會這樣？」

張志明罪證確鑿，因為陳玟說她有可靠的證人。不過，暴龍老師這次善心大發，決定不處罰張志明，因為本週終於又讓我們拿到秩序冠軍。

下課時間，張志明搔著腦袋瓜，和我研究敵情。他困惑的說：「奇怪，我明明在那兩個祕密警察面前，什麼事也沒做。」

楊大宏走過來，一語點醒我們：「告密者一定另有其人。」他同時要我們回想剛才班長的罪行紀錄中，曾經出

現一個可疑的名字。

「范彬！」我和張志明不約而同的恍然大悟。

我想起來：「難怪班長手中那張紙很眼熟，那是范彬家賣的筆記簿。」

張志明嘆了一口氣：「唉，英雄難過美人關，居然被兄弟出賣。范彬也不想想，當年我們一起掃廁所時，感情多麼好。」

范彬走過來了，很難得他嘴裡沒有食物，不好意思的自首：「是我幫陳玟登記名字的啦。因為她請我當助理……」

張志明瞪他一眼：「你不會有好下場。」

范彬很委屈：「可是，維護本班榮譽，本來就是每個人的責任啊。」

忽然，張志明改以同情的眼神看范彬：「你醒醒吧。如果你連『人人有責』這句成語都不會說，怎能當陳玟的男朋友？」

范彬被說到痛處，心在滴血：「我……我最討厭動不動就使用成語的人，也不考慮別人聽不聽得懂。」

所以，范彬很有骨氣的向我們說：「我決定不當祕密警察了。」

當然，他還有一個重要理由——張志明說放學後要請他吃蚵仔麵線，有蚵仔還有大腸，還可以自己加酸菜。

8 校隊

陳玟獲選為節奏樂隊有什麼了不起？在一個晴空萬里的日子，張志明也被體育老師挑選為躲避球校隊，從此他不但有自己專屬的隊服，還可以每天神氣活現的在操場躲來躲去。

話說體育老師在本班徵選隊員時，先聲明條件：「必須手腳敏捷，眼睛靈活，身材又不能過胖，以免成為顯著目標。」他還好心的加注解：「我不是說胖子沒有用，胖

也有胖的好處，比如……」

范彬張大眼睛，充滿希望的等著老師公開表揚胖子的優點，然而老師卻又立刻轉移話題：「其實，當選為校隊是很辛苦的，除了要花額外時間練習，還有比賽時的壓力。當然，這同時也是磨練的好機會。表現突出的人，說不定還有可能出國參賽呢。」

出國比賽！這句話讓大家的眼睛開始閃爍著綺麗光芒，只有范彬像個扁橡皮，兩眼無神，呆呆的摳自己指甲玩。

張志明胸懷大志，豪情萬丈的開始自我推薦：「老師，我從四歲就

開始打躲避球，所有規則我都懂。」

體育老師笑咪咪看著他。張志明信心大增，繼續舉實例補充：「我從兩歲就開始跑給我外婆追，她從來就沒追上我過。」

老師哈哈大笑，全班更是笑得前俯後仰。張志明眼見博得觀眾熱烈回應，最後再出奇招：「必要時，我可以躲得連老師都抓不到，嘻嘻。」

體育老師聽了搖搖頭：「那可不行。躲避球只躲球，不躲人。」

不過，張志明跑得快、跳得高，投球力氣也夠，所以，體育老師終於決定將他編入校隊一員。

張志明很夠義氣的恩賜一句話給我：「我以後出國比賽，會從國外打電話給你，讓你當紀念。」

這是我第一次聽到打電話也能當紀念品。

楊大宏嚴肅的說：「擔任校隊，不但讓自己建立成就感，還為團體爭光；就算遭遇挫敗，也是成長的見證。」然後，他表示自己雖然在體能方面略有不足，但並不妨礙他的心靈成長。而且，楊大宏在六歲時，就曾經代表欣欣幼兒園參加東區幼兒畫畫比賽，獲得第二名，榮歸故里。

范彬抓抓腦袋瓜，思考了很久，赫然也想起：「我媽媽說，我出生時是全醫院最重的，喝奶也最快。」

「哇！神童。」我和張志明齊聲高讚。

范彬很生氣：「不要嫉妒別人的成就。」

一星期後，楊大宏被教務處指定代表學校參加「全市作文比賽」，指導老師是中年級教過我們的江美美老師。

暴龍老師親自帶著楊大宏去拜見師父，還客氣萬分的說：「麻煩你了，江老師。我的學生一向跟我一樣，話不多，但很有潛力。在你的教導下，必有輝煌成績。」

據楊大宏後來告訴我們，江老師的回答有些殘酷：「我曾教過楊大宏兩年，希望他的語文功力沒有退步。」

但是暴龍老師絲毫不在意，還甜蜜蜜的說：「以後你們練習時，需要什麼一定要通知我，我會盡全力協助。」

可惜，楊媽媽是不會把這種機會讓給暴龍老師的。自從她知道楊大宏參加訓練，便每日親自接送，怕楊大宏遭

歹徒綁架，或不小心被落石砸傷手，失去為校爭光良機。

范彬的精神越來越不振，他覺得自己什麼隊都不是，怎夠資格和陳玟交往？我和他討論很久，也想不出計策。校隊的性質，除了音樂就是體育或語文，沒有一樣是他的專長。本來，他還抱著希望，覺得自己可以去舉重啊、拔河啊，甚至相撲都行。但是，我們向體育老師詢問後，老師回答：「本校沒有成立這類團隊的計畫。」他又繼續以本校校訓來做說明：「學校很窮，成立節奏樂隊、躲避球隊、手球隊已經超出預算了。短時間內，不太可能組織相撲隊。」

我和范彬苦著臉走回教室，一點辦法也沒有。

「乾脆我們自己在家組個合唱團好了，我會吹直笛喔。」范彬另有絕招。

我持反對意見：「我媽媽不喜歡電視上那些合唱團，說他們唱的歌沒水準，歌詞不優美，只會亂蹦亂跳。」

而且，叫范彬蹦啊跳的，他行嗎？

沒想到當我們決定放棄時，暴龍老師卻帶來一個驚人的好消息。

早自習結束，老師才剛走進教室，開口便說：「學校要成立一個籃球隊。本班就由范彬代表參加。」

全班一陣騷動，大家轉頭看范彬。只見他圓滾滾的臉發出萬丈光芒，好像快樂得可以立刻

飛起來。

我對范彬眨眨眼，他也對我眨眨眼。

全班都知道，班長陳玟最崇拜籃球國手。這下子，范彬的人生不就充滿幸福快樂的遠景？

陳玟練完節奏樂，聽到這個消息，竟然跑去向暴龍老師申訴：「怎麼可以讓范彬當籃球校隊？那不是以卵擊石，不戰先敗？簡直是白費力氣嘛。」

老師皺起眉頭：「我有我的道理，我是為全班好。」

「校隊是要為校出征奪魁的……」陳玟還想繼續表白，老師卻說：「打開數學習作第十頁，檢查昨天作業。」

然後，按照往例，范彬和張志明這一對「忘記大隊」又舉手自首：「老師，我忘記要寫這一頁。」

楊大宏以沉痛的表情看著范彬，連連搖頭。

但是范彬已經改頭換面，不是昔日挫折連連、人生黯淡的敗將了。他興高采烈的對暴龍老師保證：「我今天回家會把缺繳的作業統統補完，」還附贈一句：「也會打電話催張志明寫。」

陳玟撇撇嘴，明白的在臉上寫著「鬼才相信」。

當然，范彬不可能寫的。真要補繳，他大概得花上七天七夜才夠。不過，第二天，他真的完成一項作業：自然老師交代的——帶三個養樂多空罐；也就是說，他理直氣壯的喝掉三瓶養樂多。

奇怪的是，這個籃球校隊不必集中訓練，也不須添購什麼服裝。但是范彬很有學習精神，自己買個籃球，放學後留在學校練習投籃。張志明自願當他的教練，我則負責幫他買汽水。楊大宏本來不情願和籃球隊員有什麼瓜葛，

但是他從百科全書上得知，打籃球可以長高，便痛苦的決定和情敵一起練習。

最後我們終於知道這個神祕籃球校隊的謎底。根據范彬轉述，因為學校的男老師組成籃球隊，想參加全市比賽。但依規定，每校必須有學生隊參賽，才可以報名教師隊。

「也就是說，為了幫助教師隊，才隨便成立一個學生的籃球隊。」楊大宏推推眼鏡，很嚴肅的做結論，還故意把「隨便」兩個字講得特別用力。

但是范彬可不這麼想：「有什麼關係？昨天去比賽

時，雖然我們這一隊被打得很慘，分數很低，但是中午供應的排骨便當好好吃喔，是現炸的。」

9 畢業照

暴龍老師在黑板寫著古怪的聯絡簿注意事項：「明日拍畢業照，自行設計個人風格穿著。」

陳玟忍不住舉手發問：「老師，這句話是不是表示，明天隨便穿什麼都行？」

張志明故意唱反調：「當然不行。」還補注一句：「我可不敢看范彬穿緊身衣。」

范彬覺得人格受到侮辱：「我有一件黑色的緊身衣，

穿起來很像蝙蝠俠，我媽媽說挺好看。」

暴龍老師面無表情的提示：「要怎麼打扮都可以。千萬記得，這是要印在畢業紀念冊上的。如果不想在十年後，看到這些照片覺得生不如死，就別穿什麼蝙蝠俠或小飛俠來。」

陳玟好管閒事，連暴龍老師也難逃她的手掌心。她熱心的建議老師：「您明天一定要穿西裝；我可以帶我爸爸從義大利買回的領帶借給老師，上面有印『義大利製』，當然，是用義大利文印的。」

但是老師謝絕她的好意，只說：「你們才是主角。」

然後便開始檢查數學作業，一點也不浪費光陰。

下課後，我們聚在一起討論明日的時裝議題。楊大宏首先發表看法：「畢業紀念照，是人生一個重要里程碑，記錄成長過程；穿什麼就代表你是什麼樣的人。」

「對！跟『吃什麼變什麼』的道理一樣。」范彬用力點頭，並一口吞下半個肉包。

張志明想了想：

「說到個人風格，我真是一點概念也沒有。我實在找不出自己有什麼風格？」

「我個人以為，你最適合穿

小丑裝。」陳玟忽然走過來，丟下一句不負責任的話。

張志明瞪她一眼：「沒眼光。」

范彬討好的問陳玟：「班長，你會穿洋裝還是背心裙？我覺得你很適合打扮成淑女。」

張志明拍范彬的頭：「班長哪喜歡打扮成淑女啊？淑女多俗氣。」

但是陳玟大喝一聲：「人家有A型的憂鬱氣質不行嗎？這種血型穿淑女裝最配。」不過，她又加一句：「但是穿給你們這些凡夫俗子看太浪費了，我明天還是穿休閒服就好。」

說完，她就帶著她的「憂鬱氣質」離開了。她每天最大的憂鬱，是

擔心上課時，全班太安靜，沒有違規名字可登記。

楊大宏望著陳玟的背影，嘆口氣：「女生比較好，服裝可以千變萬化。哪像男生，除了短褲就是長褲。」

張志明安慰他：「還有七分褲。」

當然，楊大宏有自知之明，七分褲與他略瘦略短的腿不搭。

范彬也很煩惱：「不知道今天開始減肥來得及嗎？我拍的照片臉都顯得太圓，脖子太粗，手臂太肥，還有肚子也太凸。」

張志明善心大發：「要不要我帶我媽媽的束褲借你？真的可以縮腹喔。」

但是范彬說他試過了；他曾經偷借他姊姊的來用，結果把那件束褲繃裂了，還被姊姊罵得好慘。

至於我，我對大家預告：「明天我會穿格子襯衫和牛仔褲。我媽媽說，穿格子上衣的孩子不會變壞。」

大家都笑起來。楊大宏還難得幽默的補充說明：「要邊長三公分的格子才行。」

第二天，我懷著無比痛苦的心情去上學。因為，我媽媽堅持用髮膠幫我固定髮型，還噴了點男用香水在衣角。本來，她還嘗試說服我穿白長襪、白皮鞋，但是我說我又不是少年合唱團，她才讓步。

一到學校，我的心情就好多了；因為范彬比我更誇張，他整顆頭顱都是油亮的，據說清晨六點就開始打扮，用掉半瓶髮膏。

張志明寸步不離的跟著范彬，充滿科學家精神的說：「我等著觀察，等一下有幾隻蚊子蒼蠅黏在范彬頭頂。」

范彬一氣之下，跑到廁所照鏡子，越看越不滿意：

「明明就很帥、很有型，走在時代尖端的道理你們到底懂不懂啊？」

陳玟果然穿了一套休閒服來；只是，這休閒服的領子有蕾絲花邊，袖口釘滿亮片，長褲底端還繡著玫瑰花。當然，就算她穿軍裝來，范彬和楊大宏也會瞎眼讚美：「好淑女喔。」

只有張志明和我眼睛是雪亮的，我由衷的建議陳玟：「下次你應該穿繡著黑蜘蛛的服裝來。」

「毒蠍子也行。」張志明說完，就拉著我快步逃開。

攝影師先幫校長、主任和老師拍個人照，再幫同學們拍。個人照一律只有胸部以上特寫，所以，輪到范彬時，他笑得特別開懷。但我們也注意到，他稍稍癟著臉頰，想

必是希望臉拍起來瘦一些。

等到拍生活照時，全班就陷入一陣混亂。

本來，暴龍老師希望我們自己找合照伙伴，真實呈現同班同學的珍貴友誼。但是，有的人伙伴太多，有的又太少，還有幾個人懷抱美麗夢想，私心希望跟某位同學單獨合照。比如，范彬就一直賴在陳玟身邊提示：「班長，我跟你一起照好不好？我們家離得很近耶。」

但是陳玟早已決定和李佩佩、丁美怡合照，連服裝都事先搭配過，一律是白底藍圖，連髮飾也約好都用淺藍色緞帶。

暴龍老師扯下領帶，對我們大聲喝斥：「既然擺不平，就由我來安排好了。等一下還有數學小考，別浪費時間。」

於是，老師以最原始的方法分組——按照座號。然後，每一組在老師規定的背景前，以規定的隊形，擺出規定的「活潑自然」笑容，供攝影師拍照。

我和張志明、范彬、楊大宏，還有陳玟、陸家珍一組，當我們走到噴水池邊，準備拍照時，范彬和楊大宏為了誰該站在陳玟身後，居然開始猜拳。攝影師不知情，以為他們搶著躲開陳

玟呢，還一臉同情的安慰她：「別介意呀，十二歲的男生有時候會口是心非。」

但是陳玟也同時在和陸家珍猜拳，看看誰有資格站在范彬身邊。主要理由是：「誰站他身旁，誰就被襯托得更纖細、更美觀。」

楊大宏忿恨不平，低聲對我抱怨：「罷了，這種注重表面的女生，我還是趁早移情別戀比較好。」

張志明也低聲回應他：「對呀，十年後當她看到我們的畢業紀念照，一定很後悔沒站你身邊。」

楊大宏推推眼鏡，被這句話感動了，對張志明許下承

諾：「十年後，我應該在讀醫學院四年級。那時候，如果你要向我借醫學參考書，就算是原文版的，我也會無條件借給你。」

當然，張志明不會稀罕什麼醫學參考書的。他說：「這樣好了，你可不可以先把昨天的數學習作借我抄？」

攝影師擺好機器了。他要求我們：「笑開心一點，想著小學生活的趣事，想著要好的同學，慈祥的老師……」

「還有合作社好吃的肉包，比外面便宜兩元。」范彬加一句。

於是，幾聲「喀擦」，我們的畢業紀念照拍好了。

10 閱讀運動

我媽媽最常掛在嘴邊的一句話是：「愛看書的孩子不會變壞。」最近，這句話也變成校長的口頭禪。

校長在朝會時間，以宏亮的語調訓勉全校學生：「愛看書的孩子不會變壞。像校長自己，從小學一年級就養成讀書習慣，所以現在才能當校長。」他又繼續說明看書的優點：「只要你們看的書達到一定數量，校長會送給全校師生一份禮物。」

禮物？哇，每個人都馬上立志，就算拚得頭破血流也要努力看書。

校長給全校的允諾是：「只要每班讀滿一百本書，各班便可以舉辦同樂會；全校讀滿一萬本書，就舉辦園遊會。」然後，校長以興奮的語調說：「到時我會唱一首歌給全校聽。」

校長要唱歌耶，我們簡直感動得幾乎要流下淚來。校長為了鼓勵我們看書，竟然做這樣大的犧牲！

回到教室，暴龍老師另有詳細補充：「這是教育局規定的『全市閱讀運

動』，我們應該全力配合。今天起，大家以『看書』為目標，一定要拿到全校第一名。」

陳玟激動的站起來宣誓：「對，本班連『資源回收比賽』、『戴帽子比賽』、『家長出席親師會比賽』都名列前茅，怎麼可以讓這一項落空？」

「大家請看。」陳玟接著右手一伸，指向教室前方公布欄：「我們的獎狀和錦旗已經二十份了，再集滿五份，畢業時就可以每人領一份帶回家做永久紀念。」

陳玟已經把目標解釋得很清楚，暴龍老師很滿意，下達命令：「明天起，大家把家裡的課外讀物帶來學校，交換閱讀。以後，每週寫三次讀書報告。」

楊大宏推推眼鏡，自告奮勇：「老師，我可以把家中的《大英百科全書》、《動物百科全書》、《科技大百科》

全都帶來班上借給同學閱讀。」

范彬也不落人後：「我們家有《臺灣小吃典故》、《夏日減肥湯》等有益的課外讀物，每本都有精采圖片。」

張志明家裡雖然沒有豐富藏書，但是有很特別的雜誌：「我家的書特別大，每本都附彩色美女泳裝照。不知道算不算是優良讀物？」

陳玟瞪他一眼：「低級。」然後警告他：「那種限制級的書，不可以帶來汙染同學純真心靈。」

「我只是想為全班的閱讀量盡一份心力嘛。」張志明很委屈。

最後，暴龍老師決定，本次的「閱讀運動」，交由班長擔任總指揮，副班長當助理，兩人務必督導同學勤讀勤看，在最短時間達到一百本數量，讓校長高興，也為本班再添一面錦旗。

楊大宏媽媽十分熱心，到學校來找暴龍老師討論冠軍對策。依她的看法，本班有楊大宏、陳玟這樣自動自發讀書的好學生，但是很不幸的，也有張志明、范彬這類仇視書的「迷途羔羊」。由於楊媽媽是功德會會員，所以，她願意奉獻自己寶貴的時間，協助不愛看書的同學洗心革面，重新做人。

暴龍老師點點頭，嘉許楊媽媽：「社會上幸虧有你們這樣無怨無悔付出的人，使我們國家還有一線希望。」

於是，本班得冠軍的第一線希望，就掌握在楊媽媽手

中。她慈祥和藹的對張志明和范彬說：「明天起，我會利用午休時間教你們看書祕訣，以及找書中重點。」

張志明很高興，因為午休時間他最痛苦。他說他會認床，趴桌上根本睡不著，但是沒有睡會被陳玟登記名字。

范彬卻不高興，他一向吃飽就睡得香甜，還會打鼾。但是為了全班榮譽，也為了博得陳玟歡心，他忍痛點頭答應。

我也主動向楊媽媽表示要加入。當楊媽媽聽到我說：「我媽媽說『愛看書的孩子不會變壞』。」就直拍我的頭回答：「沒錯，你媽媽很明智。」

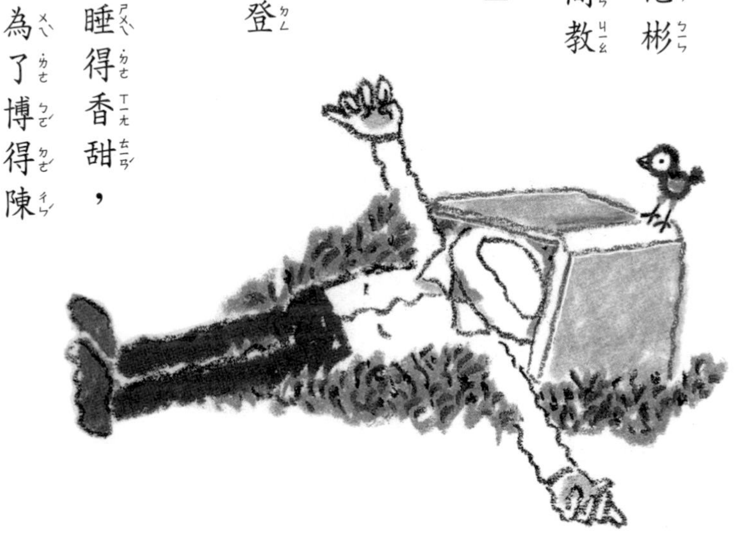

其實，我也是睡不著，乾脆藉機開懷暢讀幾本「優良」漫畫書。

但是楊媽媽堅決反對漫畫書。她說：「可能會被教務處扣分。」

楊媽媽強力推薦《世界偉人傳記》與《好兒童故事》，並說，楊大宏就是看這些書長大的。看在不必午睡和同樂會分上，我只好咬著牙答應看《愛迪生傳》。

《愛迪生傳》很好看，讓我知道偉人通常很迷糊，以後我再把手錶丟進洗衣機，可以向媽媽辯稱「偉人都是這樣」。但是，楊媽媽糾正我：「心得怎麼能這樣寫？應該說：『偉人因為專心在偉大事物上，所以有時心不在焉。

我以後要效法偉人的專心和偉大情操。』」

我請楊媽媽講慢一點，我才能把這句偉大的讀書心得抄下來。

接著，張志明看的那本《國父傳》，也在楊媽媽指導下，完成一張三百字讀書心得報告，並以一句鏗鏘有力的「我會以國父為榜樣，將來做個解救苦難同胞的民族救星」作為讀後感想。

范彬堅持選讀《不可思議的食物》。他看得津津有味，還與我們分享他的驚人發現：「其實，吃適量巧克力不但不發胖，對身體健康反而有幫助。」他覺得閱讀這種優良課外讀物真是太好了。

陳玟身兼作戰總指揮，當然要拿出最傲視群倫的成績。她不但每天看一本書，寫心得，而且她的心得報告全以電腦打字，附精美圖案，彩色印刷。在陳爸爸全力贊助下，她的每篇報告不但字多圖繁，封面加護貝，打開內頁第一面還有陳玟的寫真照一張。

我們都被這種高級的讀書心得報告嚇得目瞪口呆；當然，楊大宏的報告也在楊媽媽支持下，以高級銅版紙裝訂，封面題字還是楊媽媽親自以絲線繡上的。

暴龍老師很欣慰的把本班讀書心得送到校長室。回來後，他還將校長的喜悅轉達給全班：「校長說，本班

在短短兩週內，就讀滿一百本書，他非常高興。他會把這個令人驕傲的成果向教育局報告，讓其他小學都來向我們看齊。」

不幸的是，本市居然有另一所小學以更快更多的讀書成果，奪得全市「閱讀比賽冠軍」。所以，校長在朝會以低沉的語調說：「我們的努力還不夠，必須再接再勵，迎向光明人生。請同學繼續加油，夙夜匪懈。」

楊媽媽知道後，十分不平的表示看法：「哼，那所冠軍小學一定是採取卑鄙的手段。想想，那麼短時間怎麼有可能讓學生讀那麼多書？八成是囫圇吞棗！」

11 萬能學校

當暴龍老師看到楊大宏媽媽在聯絡簿的留言時，一雙眼睛睜得比暴龍還大。

那上面寫著：「可否請老師上一課『如何重拾對生命的信心』？」

暴龍老師趕緊喚來楊大宏，問：「這是怎麼回事？」

楊大宏推推眼鏡，聳聳肩：「沒事。」然後又補充：

「我媽媽怕我因為身材瘦小，產生自卑心理，所以，希望

老師利用時間輔導同學，樂觀面對自我。」

但是暴龍老師覺得：「本班最需要樂觀面對自我的人，應該不是你。」所以，只在聯絡簿上回答：「我會注意。」算是解決了這件事。

然而楊媽媽再接再勵，幾天後又有新的需求。這一次，她親自拜訪老師，提到她對教育的偉大理想。

我們聽到她以正義熱情的語氣，對暴龍老師說：「現在學校的課程，只教這幾科是不夠的。學生必須學會更多生活技能，才有辦法和其他人一較長短。達爾文說過，『適者生存，不適者淘汰』。我們要

讓孩子學會各種生存的技巧。」

她首先提出建議：「比如，可以先教所有學生怎麼摺被子。」

暴龍老師皺起眉頭，委婉的說明：「有些生活技能，由家長在家教孩子就行了。摺被子這件事，學校沒場地也沒設備可以示範。」

但是楊媽媽理直氣壯的繼續說：「小孩子比較不聽父母的話，只服從老師，所以，讓老師來教較有效率。我們家大宏，有輕微氣喘，對灰塵過敏，被子沒摺好，塵粒容易附著。」而且她早就擬好妙計：「學校健康中心有床和被子可以示範。」

暴龍老師很為難的說：「要教的課程太多了。我想集中精神把數學教好，讓每個學生都成為數理專才。你知

道，我是數學系畢業的……」

總算，楊媽媽也承認，讓楊大宏學會充分發揮數學才華，比摺被子重要。臨走前，她仍然不死心的向老師承諾：「我會繼續幫您思考，看看還有什麼課程是沒排在課表中，卻是萬萬不可缺的。親師合作很重要，我們一起努力，為孩子創造更美好的明天。」

果然，到了隔天，她又送來一張以電腦精心排版印刷的課程建議清單。

暴龍老師嘴裡向她道謝，但是我們都看得出來，老師的頭已經快要爆裂了。

我和范彬、張志明在

下課時圍住楊大宏，想打聽那張令老師頭痛的表單上寫些什麼。

楊大宏推推眼鏡，無奈的說：「我媽杞人憂天，希望老師教我們遇到颱風、地震、火災、海嘯時的防範措施。」

颱風時學校會放假；地震、火災還有防空警報，老師有教過；至於海嘯，有這個需要嗎？

楊大宏說：「我媽的意思是，天有不測風雲，世事難料，有備無患比較好。」

陳玟也走過來發表意見：「學校最該教的事是，如何讓不守規矩的同學閉上烏鴉嘴。」

張志明不甘示弱：「應該先教：如何成為一個公正公

平公開的班長。」

楊大宏忽然有了靈感：「不如，我們利用星期天到圖書館去找資料，順便一起討論，究竟現在學校的課程還缺少些什麼？」

范彬大喊：「我贊成。」

最主要的理由，他說：「圖書館旁的巷子，有家賣煎餃的，便宜又好吃，連它的醬油膏都是人間美味。」

陳玟決定邀請李佩佩、丁美怡一起參加，她撇撇嘴說：「男生的意見通常都太草率，女生較細心，思慮得比

較周全，萬無一失。」

然後，細心的陳玟便粗心的忘了帶走她的鉛筆，趾高氣揚的離開了。

楊大宏搖搖頭：「唉，女生就是女生。」

到了星期天，媽媽幫我準備了鮮奶餅乾和礦泉水，以及一本記事簿，交代我到圖書館要守法守分，不要在走廊奔跑。我強烈抗議：「媽，我十二歲啦。」她才放我走，並鼓勵我平時就該多上圖書館，多看好書，她說：「上圖書館的孩子不會變壞。」

到了圖書館，其他人已經圍坐在閱覽室，陳玟還拿出筆來準備記錄。她先指定范彬發言：「因為你的看法一定離不開食物，我猜都猜得到。你先說，免得一直坐在那裡流口水。」

范彬漲紅了臉，氣呼呼的辯白：「我哪有！」然後，他開始說出在他心中，學校最該補充教的是什麼。

「我覺得這個世界上，最了解我的人是班長陳玟。」

他先以一句充滿感情的開場白，令在座所有人都嘿嘿怪笑起來。

陳玟瞪他一眼：「廢話少說，直接切入主題。」

范彬點點頭，唸著手中準備好的講稿：「我最想學『如何烤蛋糕』，尤其是那種不會胖的低卡路里蛋糕。還有像『郊外可食用的野菜』、『怎樣吃才健康』。」他舔舔嘴唇，又

說：「我覺得『簡易三明治』也不錯。」

「這是餐飲學校的課程，范先生。」陳玟聽不下去了，自己接著發言：「我個人以為，老師應該利用時間教我們『如何降低犯罪率』、『如何提升團體成員榮譽心』、『如何成為偉大的記者』，這是我將來的志願。」

楊大宏接著說：「我比較需要『如何培養寬闊世界觀』、『精通八國語言的要訣』、『歷史給我們的教訓』、『百科全書的應用』。」

尤其最後這一項，他很樂意當助教。當然，如果還有時間，他認為教大家「如何在最短時間有效增加身高」也可以。

張志明嘆口氣：「我想學的，都是老師禁止的。」比如，他想學騎機車，而且是在水上騎，可以表演給外國觀

光客看，又賺錢又為國增光。還有，他也嚮往當電影明星，雖然他不是大帥哥，但是難道電影裡不需要癟三，或一出場就被打死的小兵這種角色？

「這種課，叫老師怎麼教？」李佩佩問得很實在。

張志明輕鬆的說：「放影片給我們看就好啦，本人是模仿天才。」

「那你不會在家自己看就好？」丁美怡緊追不捨。

「唉。」張志明嘆口氣，「我們家的電視壞了。」

「好了，這種沒營養的答案不寫也罷；換張君偉發言。」陳玟指著我。

我清清喉嚨，石破天驚來一句：「學校該教的是『兒童福利法』。」

大夥全睜大眼睛看我。

我繼續以權威的口吻說：「想想看，政府為我們制定了法令，我們卻不知道內容。這像話嗎？」

范彬疑惑的問：「兒童福利法是什麼？跟兒童節禮物有沒有關係？」

「那是為了兒童的福利所擬定的法律條文。」楊大宏推推眼鏡，表示他可以回家上網去查內容。

張志明卻主張：「既然是對我們有利的法，應該讓暴龍老師親自來教，讓他知道兒童也有兒童的福利。」

這個提案，立刻獲得所有人同意。陳玟還破天荒第一次誇獎我：「看不出來張君偉還有點大腦嘛。」

張志明替我回敬一句：「比不上你啦，除了大腦、小腦，還有煩惱。」

當陳玟向暴龍老師提出我們的課程請求時，暴龍老師居然一口答應，還說：「我本來就計劃要利用班會時間教你們認識『兒童福利法』。」

「兒童福利法」真的很福利，一切都是為了兒童好；唯一不好的是，暴龍老師說，第二天要考。

12 升學輔導

第三節下課，老師交代陳玟：「等一下將全班帶到活動中心，舉行升學輔導。」當然，他不忘加一句：「行進間輕聲慢步，聽講時專心一志；違規者回來後重罰。」

班長陳玟點頭：「了解。我一定讓全班鴉雀無聲。」

張志明老毛病又犯了，嘻嘻哈哈對陳玟說：「我不是鴉，也不是雀，所以，不必保持安靜。」

陳玟很冷靜，慢條斯理回他：「我眼睛不會離開你。」

「哎呀，千萬別那麼關心我。」張志明抓抓鼻子，趕緊逃開。

一走進活動中心，大家都高興極了，不但有冷氣可吹，還擺了椅子讓大家坐呢。看來，「升學輔導」是個高級活動。

果然，從頭到尾，絕無冷場。首先，是張志明開始打瞌睡，並發出富有節奏的鼾聲；在他的號召下，范彬緊接著進入夢鄉；陳玟雖然一直盯著他們，嘴中還唸唸有詞，可惜無法將他們瞪醒。

就在范彬流下第一滴口水時，輪到校長說話了。他首先要大家鼓掌歡迎貴賓，並介紹：「這幾位貴賓是你們將來讀國中時的校長。」這一刻，我才明白，原來學校舉辦「升學輔導」用心良苦，讓我們知道，其實讀「國中」並

不是很可怕的事；國中大概和國小沒啥兩樣，至少校長一樣，都是熱愛麥克風的人。

這次一共有三位國中校長蒞臨，每一位都大力推薦自己的學校「教學熱心，設備優良」。活動進行到中途，也就是范彬的口水匯聚成小溪流下時，又有一位高個子校長到場。他是一所私立學校的校長，楊大宏小聲說：「嗯，一定是來『拉學生』的。」

活動結束，也就是張志明被掌聲喚醒，揉揉眼睛、伸伸懶腰時，陳玟狠狠的警告大家：「等一下回教室，我要考你們，剛才貴賓演講的重點。」她還暗示，暴龍老師雖然不在我們身邊，但是一直坐在會場後方，全班一舉一動老師都看得一清二楚。

范彬忍不住對我抱怨：「討厭，你怎麼不叫醒我？」

「你的睡姿那麼動人，我哪忍心叫你。」我展示手中的筆記本，把剛剛畫他打盹的速寫給他欣賞。他看得很仔細，然後感動的說：「從這張畫看來，其實我長得並不臃腫嘛。咦，嘴邊這些亂七八糟的線是什麼？」

「口水呀。」我搶回速寫像，提醒他：「別忘了班長要考重點。」

范彬愁眉苦臉：「升學輔導到底說了些什麼？」

楊大宏看著手中的筆記簿，把演講摘要唸一遍：「校長有三個重點，一，人人要升學；二，根據居住地入學；三，國中跟國小一樣溫馨，不必擔心。」

由於楊大宏抄的重點簡潔有力，又押韻，我們很快就背熟了。

至於四位貴賓校長的講詞，楊大宏坦承，自己也不小心瞇了一下——當然是因為冷氣太強，所以，他只記了幾點。甲校長說：「本校沒有流氓學生。」乙校長說：「本校人人有電腦。」丙校是：「『春暉專案績優單位』，以及『資源回收模範學校』。」私立學校他只聽到一句：「校長自己是美國教育博士。」其餘的，就聽不清了，因為被張志明的鼾聲嚴重干擾。

張志明抓抓鼻子：「不必擔心啦。每個人都有國中可

以讀，不去讀的話，家長會被罰錢呢。」

「你怎麼會知道？」楊大宏很驚訝，這一題百科全書沒寫。

「我媽說的；她說要不是政府規定，真想讓我去市場幫忙賣麵。」張志明才說完，范彬就羨慕的望著他，眼裡迸出火花：「你一定可以天天試吃，好好喔。」

回教室後，暴龍老師根據陳玟登記的名單，罰犯規的同學抄一遍課文。他又預告：「下星期要去參觀一所國中，也就是本班大部分同學即將就讀的學校。到時，總不

會有人打瞌睡了吧。」

范彬開心的問：「可以帶吃的去嗎？」老師看他一眼：「范先生，『參觀』跟『觀光』是不一樣的。」

下課後，楊大宏很神祕的對我們宣布：「我和各位相處時間不多了。我媽已經決定讓我讀私立學校，那所中學升學率很高，每間教室都有冷氣。」

大家都哇哇叫起來，嫉妒得要命。

我和張志明、范彬，會進入同一所國中，也就是下週參觀的那所。張志明安慰我們：「我哥哥說，他們學校雖然沒冷氣，但是廁所又大又香。」

張志明哥哥是那所國中八年級學生。（注）

這是我第一次聽到學校以廁所作為宣傳重點，真讓人

不放心。但是，范彬說，反正下週會實地勘查，屆時，他會以合作社販賣的食品作為主要參觀目標。他覺得，只要學校賣的肉包夠香，就是優良學校。

參觀國中那天，晴空萬里，大家從國小走到國中，個個汗流浹背，叫苦連天。班長陳玟不時回頭盯著全班，怕有人在路上做出讓本班蒙羞的事。她眼尖瞥見范彬以可疑眼神，一直望著路旁的紅豆餅攤子，便警告他：「專心走路，別妄想零食。」她還以一句口號來勉勵我們：「通往升學之路，當然要付出血汗。」

還好，我們不必流血，只有流汗，終於在半小時後抵達國中。楊大宏左望右瞧，推推眼鏡，做出評論：「嗯，校門不夠宏偉。我那所私校，一進門就是兩層樓高的雕塑。」他又四面環顧一下，咬著牙讚美一句：「噴水池的

水倒是有在噴。」

我們在一位國中老師帶領下，繞著校園走了一圈。那位長髮女老師看起來很慈祥，沿路為我們解說：「這是家政教室，上國中後，男生也要學做菜喔。」到了生科教室，變成：「以後女生也要學鋸木頭。」聽起來，好像國中會上一些不可思議的課。

最不可思議的是，這所國中合作社還送大家礦泉水。范彬眼裡又迸出興奮火花：「這證明他們的合作社經營得

很好，很賺錢。貨品一定應有盡有。」

在我看來，實在感受不到國中和國小有什麼不同。張志明覺得「升學輔導」很有益，因為可以少上兩節課。當然，他也很有菩薩心腸，告訴楊大宏：「如果你在那所私立學校讀不下去，歡迎來國中，我會繼續照顧你。我真捨不得和你分開呀。」

楊大宏推推眼鏡，回他一句：「你是捨不得我的作業簿吧。」

參觀了國中，也聽了校長演講，然而還是暴龍老師的話讓我對國中比較有概念。他說：「國中科目比國小多。」也就是說，考試會考更多科。

只有張志明最樂觀，他預言：「不管國中還是國小，都有體育課，還可能被選為校隊，出國比賽。」當然，他又再一次承諾：「如果我當選校隊，到了美國，會打電話給你當紀念。」

注：從前，義務教育為國小六年，後來延長至九年，國小和國中分開設立。自一〇三學年度起，施行十二年國民基本教育，即將國小六年至國中三年合計為一至九年級。

13 六年級風暴

最近班上的許展義舉止有些奇怪，先是張志明發現他的手臂刻著刺青圖案，接著范彬也說，他好幾次在公園看到許展義與不良分子鬼混。

「你怎麼知道他們是不良分子？」我對范彬的判斷力有些不信任；上一次，他把一個闖入學校的流浪漢當成督學，朝他畢恭畢敬的鞠躬。

范彬很不滿，大口咬掉半個肉包，口齒不清的說：

「他們在公園吃臭豆腐，還喝啤酒。」

楊大宏推推眼鏡，很難得的贊成范彬看法：「嗯，沒錯。如果他們是正當有為的青少年，喝的應該是鮮奶或天然礦泉水。」

「而且……」范彬繼續炫耀他的公園祕聞：「他們最後還騎機車離開，騎得很快，八成是要去不良場所鬼混。」

張志明忽然拍拍腦袋瓜：「我想起來了，許展義手臂上的圖案可能是一種記號；對！他一定是加入黑道，變成幫派分子了。」

一聽到這種恐怖新聞，我們都瞪大眼睛。范彬連聲音都發起抖來：「他、他的書包裡會不會有開山刀？哎呀，我還欠他一包口香糖。」

楊大宏鎮定的說：「未經證實的傳言，先別當真。我們再觀察幾天，如果確有其事，就報告老師。」

張志明很興奮：「到時由我負責報告。我會從報紙上剪字貼成一張告密函，免得被許展義知道是我們檢舉他，會被黑道追殺。」

范彬結結巴巴的說：「我可不可以精神參與就好？我還有很多美食沒吃過呢，可不想早死。」

「你這樣算什麼男子漢啊？」張志明搖搖頭，開始分

配工作。

「君偉，你去研究他的刺青圖案，看屬於哪個幫派。楊大宏準備報案電話，並負責記錄他的行蹤。范彬繼續在公園監視。」

范彬死也不肯，擔心慘遭滅口。直到張志明提醒他：「那個公園門口賣的豬血糕，花生粉特多，又香又爽口。」他才勉強答應。

我們懷著緊張心情，分別展開行動。

根據張志明的說法，如果許展義真的落入幫派手中，被黑道控制，那就大事不妙，說不定哪天在班上發動攻擊，甚至綁架班長。

「綁架陳玟？」我其實覺得這個行動並不算太不人道。不過，一想到電視上播出的綁票事件，還是心驚膽顫，越想越害怕。

我花了幾節下課時間，才看懂許展義手臂上的刺青，原來是三隻無尾熊圖案。

回家後，我取出動物圖鑑，仔細研究這個圖案可能屬於什麼幫派。媽媽熱心的跑來問我：「你在準備功課嗎，要不要我幫忙？」

我連忙拒絕。媽媽有

些失望，不過還是端來一杯有為青少年喝的鮮奶，為我打氣：「看動物圖鑑的孩子不會變壞；有問題可以來找我。」

由於我對幫派唯一的認識，是「幫派等於壞人」，因此，翻了一晚的圖鑑，仍然沒有具體結果。

楊大宏比較有效率，他將所有用得上的報案電話，列成一張表，還加上精美彩色插畫，並將范彬在公園的觀察以電腦打印一份報告，不過，這份報告簡略了些，只有一句：「他們在吃炸甜不辣。」

「天哪！范彬，除了食物，你眼裡還有沒有別的？」

我們三人同聲譴責。

范彬很氣憤，一口吞下半個肉包：「我可是冒著生命危險呢。」

張志明抓抓鼻子：「看來，只能我親自出馬了。」

他擬了份行動方案：「首先，我假裝與許展義親近，慢慢滲入敵人陣營。」

我們覺得刺激極了。

「接著，再突破他的心防，讓他自己承認罪行。」張志明眼神明亮，晶光閃閃。

范彬有疑問：「什麼是突破他的『新房』？」

「哎呀，別管那麼多。電視新聞的記者都這麼說的啦。」張志明抓抓鼻子，很嚴肅的留下一句：「如果我慘遭不測，你們要假裝跟我不熟，以免被連累。」

我們一一和張志明握手，祝福他早日破案，「突破許展義的心防」。

就在張志明開始和許展義有說有笑時，有一天，范彬卻發現，許展義手臂上的刺青圖案又變了。

「現在是一條蛇。」范彬的聲音又發抖了。

我大膽猜測：「他是不是升官了？」

楊大宏推推眼鏡：「黑道哪能說升官，應該說『技冠群倫』。」但是，他想了想，又否定：「這樣說也不妥。」

重點是，楊大宏忽然領悟到一件事：「如果是刺青，怎能說變就變？」

「對呀，刺青洗不掉。」范彬也大喊。

我們決定一起去問許展義。因為三個人結伴，膽子大了許多；何況，沒有刺青，就表示他可能不是黑道。

許展義完全不知道我們對他起疑，還熱情的教我們：「這是紋身貼紙，一張三十元。你們想要的話，我可以幫忙買喔。」

張志明洩氣的問：「許展義，你有沒有參加幫派？」

許展義很生氣：「我哪有？暴龍老師不是警告我們，誰要是敢跟不良分子來往，一定會出功課讓他寫到手指骨折嗎？」

看來，我們好像白費功夫了。

張志明走回座位，沒精打采的嘆著氣：「唉，差點就可以見識到什麼是幫派。」

「還是不要吧。」我勸他：「參加幫派都沒好下場，不是吸毒就是打架。」

范彬也附議：「對呀，幫派的人還要吃檳榔，我偷吃過一次，很難吃。像古代《水滸傳》裡的幫派就比較好，可以吃肉。」

張志明聽到這裡，眼睛又亮了：「對耶，我們可以自己組個幫派呀。」

「組個行俠仗義的幫派，專門劫富濟貧。」張志明抓抓鼻子，發表高見。

我們覺得這個點子不錯，有創意又富挑戰性。

接著，我們又決定輪流當幫主，可以過過當官的癮。

然而，天有不測風雲，就在我們準備召開第一次幫派大會，順便決定幫名要叫什麼時，卻被暴龍老師叫到辦公室痛罵一頓。

「聽說，你們四個人想組幫派？」暴龍老師以十分嚴厲的眼神盯著大家。

四個好漢連呼吸都不敢太用力。

「才十二歲就想耍流氓？」暴龍老師指著楊大宏，怒斥：「你這個副班長，想帶頭作亂？」

楊大宏推推眼鏡，低聲辯解：

「報告老師，其實我們只是想模仿古代桃園三結義的故事，想效法古聖先賢英勇忠義的偉大情操。」

不愧是精讀百科全書的優等生！暴龍老師語氣柔和了些，點點頭：「也對，看能不能感化張志明和范彬。不過，可別和社會不良分子往來。」

我們再三保證，一定以忠孝仁愛信義和平為本幫幫規，老師才准許我們離開。

「都是你啦。」范彬怪張志明，「誰叫你向許展義買

紋身貼紙，殺價殺那麼低，一定是他去告密。」

「好啦。現在我們要討論的是，誰先當幫主，取什麼幫名？」張志明移轉話題。

就在我們苦思，究竟叫「四勇士」好，還是「七海四俠」酷時，電視又播報一則火爆新聞，有個幫派老大慘遭另一個幫派的老大槍殺。

最後，我們一致決定，十二歲根本不適合組幫派，還不如組個合唱團來迷死那些女生；最重要的，張志明說：

「十二歲就當幫主，分量不夠，會被別的幫派欺負。」

14 上電視課

暴龍老師今天不像暴龍，像隻餓了五百年的胡狼，臉色陰沉的走進教室。

「唉，這次月考，本班數學成績是全年級第一名。」聽到這則好消息，我們並沒有跳起來歡呼；暴龍老師的語氣如此哀傷，可見還有不幸的事件要宣布。

果然，老師嘆了嘆口水，繼續嘆了第二口氣：「唉，只可惜，我們班的社會成績，竟然輸給三班，這次只得到

第二名。」

全班都無比沉痛的低下頭來，尤其是班長陳玟，眼眶都快溼了。

「想想看，社會科耶，我們竟然敗在社會科。」

根據暴龍老師的邏輯，數學第一名，足以證明本班血統優秀，腦力超人。沒想到竟在社會這種科目上打敗仗，簡直是恥辱。

老師開始發社會考卷，一面發一面算總帳。

「丁美怡，現任副總統是誰，你竟然答錯。」老師生氣的說：「還有張志明，行政院長怎麼會是華盛頓？」

張志明小聲的解釋：「因為老師規定，就算不會寫的題目，也要想辦法猜一個，不可以空著沒寫。」

暴龍老師越聽越氣：「那你怎麼不寫我的名字？」

張志明更小聲的回答：「嗯，下次如果再問行政院長是誰，我就填上您的名字，幫老師達成不可能的任務。」

「謝謝你替我升官。」老師敲敲他的頭，又繼續罵下一位：「范彬，你居然連現在的總統是誰都答錯。」

范彬搔搔腦袋瓜：「誰叫我們的總統一直換來換去。」

「總統哪有換來換去？」班長陳玟最痛恨使本班蒙羞的人，立刻轉頭糾正范彬：「又不是選班長，一學期就要換一個。」

其實，陳玟最怕被選民遺棄；每學期選新幹部時，她都以種種非法手段取得連任。比如，開學第一天她就暗示，如果她再當選班長，會以人性化的管理方式經營本班，就算看見男生在早自習聊天，也會睜一眼閉一眼。

結果，當然又是我們這些純潔的男生被騙了。

暴龍老師發完社會考卷，語重心長的勉勵全班：「大家打起精神來。下次期末考，社會科還是有這類時事相關題目。從今天起，為了奪回第一名，每天一定要收看電視新聞，不可以和社會脫節。」

「老師，只能看新聞嗎？」張志明的反應像特快車一樣迅速，「萬一考題是在別的節目出現怎麼辦？」

老師沒回答，瞪著他。陳玟怒火中燒，替老師教訓張志明這個不成材的學生：「難道期末考會出卡通題，還是購物頻道上的題目？」

范彬突發奇想：「咦，說不定喔；考卷常常會出一些陷阱題來騙學生。」

但是暴龍老師沒有被這個陷阱騙倒，仍舊強硬規定：「絕對不准收看那些浪費生命的節目。」他還在聯絡簿注明：「請家長配合，指導貴子弟收看有益節目，尤其是新聞及宣導短片。」

媽媽知道老師的新政策後，全力支持，並立刻找來一週電視節目表，替我勾選優良節目。

楊大宏的媽媽更盡心盡力，不但陪他看有益身心的電視節目，還買了得獎的影片回來，計劃讓楊大宏「秀才不出門，能知天下事」。楊媽媽本來還想建議暴龍老師，在班上發起「看電視寫心得」運動，後來，楊大宏以「拒吃綜合維他命」作為抗議手段，楊媽媽才作罷。

張志明最開心了，他只告訴他的奶奶一句話：「我們老師說，每天都要看電視，考試會考。」老奶奶聽了連連

點頭：「老師講的話一定要聽。」

范彬本來就是個電視兒童，只不過他看電視一向的原則是——除了兒童節目和新聞報導，什麼都看。現在，由於他必須搞清楚現任總統是誰，還得密切注意萬一又換新總統，得背出他的名字。因此，他只好按時收看新聞。

媽媽很欣慰：「今日教育實在越來越開明，以前，只考課本和參考書；現在，鼓勵學生關心國家大事、社會新聞，這是好現象。」

在媽媽安排下，我們家將晚餐時間提前，以便準時收看T臺的新聞。爸爸覺得哪一臺的新聞都一樣，媽媽卻堅持這一臺的收視率最高，新聞應該比較準確。

「像上次地震時，他們報的死亡人數就最正確。」媽媽舉實例說明，「事關兒子的考試成績，不能草率。」

真不知道從前我怎麼會那麼沒眼光，以為電視新聞枯燥又無趣。現在的電視新聞，簡直就是動作片、鬼怪片、愛情片的大集合；有愛有恨，每天都有凶殺案，隔幾天就有人跳樓，既刺激又聳動。

爸爸一臉懷疑的問：「這種節目，對君偉不會有負面影響嗎？」

我馬上申冤：「老爸，我已經十二歲，不能再過兒童節啦。何況，老師規定我們必須熟悉時事。」

「哎喲，看新聞的孩子不會變壞啦。」媽媽補充，

「新聞上的壞人遭警方逮捕後，哪個不是抱頭不敢見人？這是社會教育。」

媽媽還提醒我，看新聞記得做重點摘要，以免到了考試忘得一乾二淨，等於白看。我根據新聞內容，一一記下現任政府官員的名字，這可是上次期中考的題目呢。我準備帶去學校炫耀一番。

沒想到楊大宏又道高一尺，魔高一丈，他不但記下官員名字，連重大案件通緝犯，也沒遺漏。在楊媽媽指點下，他另有一份紀錄，是近日訪問總統的外國貴賓名單。只要有跟總統握過手的，他都查出來是誰，哪國人，當地

特產是什麼。

范彬認為我們看電視的心態太卑鄙。他大義凜然的說：「人生又不是只有考試，成績也不能代表一切。像電視上播放世界各地的美食介紹，雖然不考，卻對人生有重大貢獻。」

我沒好氣的問：「有什麼貢獻？」

「萬一哪天坐船漂流到那個國家，才知道要點什麼菜，不會出洋相，丟我們國家的臉。」

范彬想的真是周到極了。

收看了幾週的電視課後，我對電視新聞實在越來越沒興趣。光是背院長部長的名字，就已經讓我頭昏眼花；最要命的是，這些大官動不動就犯錯，然後就

跟國人道歉，還要辭職下臺，換人做做看。我的天！好不容易背起來的名字，又得重新再來。

媽媽也受不了了，她對爸爸說：「我們去拜拜，祈求菩薩保佑這一任的官員別再換人吧；再這樣下去，君偉背得快精神錯亂了。」

15 畢業旅行

還記得三個月前，暴龍老師發下「畢業旅行意見調查表」給同學時，曾苦口婆心的想說服大家：「同學們，現在旅遊風險越來越大，出門在外諸事不便；畢業旅行最好行程近、時間短，免得家長擔心。」

其實他的意思，就是希望全班都在調查表上，勾選「當日來回」這一項。

說起來，學校也越來越民主，連畢業旅行，都會事先

徵詢家長的意見。單子上計有「當日來回」、「兩天一夜」、「三天兩夜」以及「不舉辦」四種選項。

當然，如果有人勾選最後這一項，保證立刻會被全班同學視為外星來的怪物。

下課時，陳玟難得和藹可親的走到我們身邊，輕聲細語的說：「你們會請求爸媽勾選三天兩夜吧？」

張志明抓抓鼻子：「我還在考慮耶，萬一這三天中，碰巧有一天是星期四就不妙了。」

「星期四你要補英文，還是數學？」我問他。

張志明說：「不是啦，星期四我家那裡有夜市可逛。」

陳玟立即恢復正常，用力拍張志明的桌子：「你這個叛徒！也不想想我們同窗共讀是多麼難能可貴。如今就要勞燕分飛，各奔前程，正好利用畢業旅行聯繫友誼，鞏固感情。」

被陳玟教訓一番後，我們馬上拿出調查表，一律在「三天兩夜」打勾，並發誓一定請父母同意簽名，絕不辜負陳玟對我們的期望。

果然，全班有志一同，都取得家長同意，「三天兩夜」以高票通過。范彬還討好的對陳玟說：「我是用『一週不喝可樂』才換取我媽媽同意的。」

楊大宏很可憐，他媽媽在單子上附注，表明願意全程參與，協助照顧同學。

這真是一次感人的調查活動，全六年級居然都不顧老師熱心警告，依然決定冒著生命危險，展開三天兩夜的行程；最後，畢業旅行訂在秋高氣爽的十月，以避開颱風和大雨的威脅。

旅行前一天，媽媽幫我整理好行李，面帶愁容：「這是君偉第一次離鄉背井，半夜踢被子怎麼辦？」

爸爸安慰她：「沒關係，到時候請兒子立刻打一一九電話，你馬上去幫他蓋好。」

媽媽瞪他一眼：「少說風涼話。」然後，遞給我一張緊急電話表，按照號碼排列，依序是家裡、爸爸公司、爺爺家、外公家、叔叔家、阿姨家，最後，連遠在美國的舅舅家電話也抄在上面。

「在外要自立自強，不喝生水，不單獨行動，跟好老師。」媽媽千叮萬囑。

終於，我們搭上遊覽車，在老師和幾位讀大學的哥哥姐姐帶領下，到度假村展開三天兩夜的畢業旅行。當車子抵達度假村，楊大宏簡直要熱淚盈眶了。剛才，楊媽媽送他上車時，也是眼眶紅紅的；因為畢業旅行正好跟她功德會開會日期衝突，為了行善，她只好「犧牲小我」，放棄

隨行照料寶貝兒子的機會。

當然，楊大宏的熱淚，是因為喜極而泣。

在學校時，我們便已分配好寢室及餐桌名單，我和楊大宏、張志明、范彬四人一房。范彬提著出國用的大行李袋，神祕兮兮的預告：「我帶了許多美食，可以當宵夜。」張志明想打聽是什麼美食，他卻不肯透露，只說到晚上就知道。

不過，車子一上高速公路，范彬就自行揭曉了。因為他忍不住打開行李袋，取出洋芋片來品嚐。張志明問：「不是留著當宵夜？」范彬做出「放心啦」的表情，指著

鼓鼓的袋子說：「還有泡麵、餅乾和牛肉乾。」

一進寢室，范彬才發現，他的盥洗用具全部沒帶。行李袋裡塞的，全是所謂的宵夜美食——當然，目前也只剩下一半了。

幸好楊大宏多帶一套，可以借給他。

三天的活動，十分緊湊。除了團體遊戲外，還有自由活動時間，可以在度假村玩遊樂器材。負責本班的大哥大姐有兩位，黃哥哥是戲劇系的，王姐姐是日語系。他們說：「現在孩子命真好。想當年，我們的畢業旅行，就是帶個便當到植物園，去看荷花和池裡的烏龜。」

「那裡也有烏龜。」張志明指著前面的人工湖大喊。

暴龍老師立即高聲宣布：「自由活動時間，不准靠近湖邊。」

於是，我們第一天就在離湖邊遠遠的草坪，自由散步和聊天。

晚餐過後，全六年級在大會議廳舉辦晚會。第一個節目，由校長演出。按照慣例，他的表演節目以一篇演講開頭，勉勵我們：「不要問學校給你什麼，要問你為學校做了什麼。」

在大哥哥的鼓舞以及全體學生賣力掌聲中，校長終於還是勉強答應表演唱歌。他本來想唱本校校歌，可惜沒有配樂；最後他選唱一首〈友情〉，說要送給全體師生當畢業禮物。

接著，暴龍老師也在大哥哥逼迫下，獻唱了〈我很醜，可是我很溫柔〉這首歌。當他拉高喉嚨，吼出歌詞時，全班都為他的勇氣用力拍手。陳玟還特地回頭警告大家：「誰沒拍手，我就登記名字。」

總算老師們的節目演完了，大家都鬆了一口氣。接下來才是我們的歡樂時光，除了趣味競賽，還有各班表演。

三班最讓人氣憤，居然帶樂器來演奏，而且很好聽，表演的同學看起來也很有氣質。我們班的節目是范彬和張志明的「模仿秀」。顯然他們兩人沒多少榮譽心，更別提

什麼精心策劃，居然學幾隻動物叫叫跳跳就算數。

陳玟氣得在底下跺腳：「早知道我就和李佩佩跳一段芭蕾舞。」

幸而，最後大哥哥宣布統統有獎，本班領了「可愛動物獎」；總算沒在畢業旅行時，丟暴龍老師的臉。

回程路上，我們一一發表對這次旅行的心得。范彬言簡意賅，只有一句：「吃得不錯。」張志明則是：「寢室有冷氣，很冷。」

楊大宏推推眼鏡，覺得離家在外這三天，對他的人生有了嶄新意義。他發現自己原來會洗衣服，還會晾起來。

至於女生，就是太感情用事。才短短三天，就對黃哥哥和王姐姐動了真情。李佩佩不但抄了他們的電話地址，約定每週通信，相機裡的相片也多以他們為主角。張志明

提醒她：「快畢業了，應該照些同學的相片，當成永遠回憶。」卻只換來一個大白眼：「誰要拍你。」

只有陳玟，依然不改班長本色；連暴龍老師都在這三天，對我們採取放任態度，她卻到哪裡都攜帶違規同學登記簿。既然如此，她鼓勵大家勾選「三天兩夜」，對她有什麼樂趣？

范彬猜測：「她大概是責任心太重。」

張志明鐵口直斷：「她每年出國旅行，所以覺得這種度假村很無聊，只好以記名字來拾回成就感。」

楊大宏的答案應該比較接近事實：

「別想研究女生的心理。」

回到家，我拿出在度假村買的貝殼項鍊送給媽媽。她好高興，摟住我說：

「哇，偉偉真的長大了。」

當然，她也不忘機會教育：「以後別再買這種騙觀光客的紀念品。」

16 歡樂園遊會

為了歡送畢業生，學校舉辦園遊會；為了被歡送，我們決定利用園遊會好好撈一筆，賺點班費，以便在畢業時舉辦盛大的同樂會。

陳玟非常唾棄「賺」這個字眼，她在班會時大聲疾呼：「學校為我們舉辦活動，我們沒有知恩圖報，還滿腦子銅臭，只想營利。如此怎麼對得起國家的栽培與學校教育之恩？」

「班長，你未免太古板了吧。」邱子欽冒著被登記的危險，勇敢發言。

陳玟狠狠瞪他一眼，仍然堅守原則：「絕不能當貪官汙吏。」

楊大宏推推眼鏡，清清喉嚨：「嗯，我個人以為，如果以正當手段，憑真才實學、流血流汗獲取的酬勞，並不算非法。」他停了一下，繼續發表演說：「何況園遊會所得盈餘，歸全班所有，也將運用在全班身上，並非個人圖利行為。」

聽完楊大宏這段條理分明的論說文，大家更是一頭霧水，搞不清狀況。

幸虧暴龍老師最後做出總結論：「學校規定每班負責一個攤位。」總算讓所有人聽懂，不管願不願意，我們都

得去賣東西了。

陳玟利用下課時間，補充說明暨強力宣導：「我不是反對設攤位賺錢，只是希望能本著良心，不要賺學弟妹太多錢；我們要愛護弱小。」

但是，沒有人理會她的良心，大家都沉浸在園遊會歡樂氣氛中，一想到從前，我們得擠在攤子前大叫：「老闆，我要一根熱狗。」現在，輪到自己當老闆，可以一面驕傲的舉著熱狗，一面收鈔票。哇，真讓人心花怒放，充滿期待！

我們花了一節課討論，園遊會到底賣什麼比較好。

范彬經驗老到的說：「當然是賣冰最好，我每次參加園遊會，一定吃冰吃到牙痛。」

陳玟反駁：「冰品太沒創意了，幾乎每個攤位都有。」

丁美怡的意見是：「賣薯條和滷味吧，都好好吃喔。」

這句話獲得范彬深深贊同，他睜大眼睛高喊：「還要附甜辣醬。」

暴龍老師插句話：「食物準備不易，除非有家長支援，否則誰來炸薯條？」

張志明有新點子：「玩丟水球啊，小本錢，大獲利。」

全班都以欽佩的眼光看著他。的確，只要一些裝水的氣球，就能財源滾滾，既好玩又消暑，還不傷腸胃。

但是，誰來當被水球砸的目標？

張志明很夠義氣，拍拍胸脯：「我來。」

「真的嗎，你不怕被丟得全身溼透？」陳玟不放心。

張志明笑呵呵：「沒問題，到時我會穿性感泳褲來迷

死觀眾。」

暴龍老師也覺得，丟水球與園遊會歡樂性質符合，並且不須大費周章準備，不會影響數學課進度，所以，明快裁示：「本班決定賣『水球大戰』。」

陳玟腦筋動得快，提醒老師：「得取個響噹噹的攤位名，以吸引顧客。」

但是，大家想了半天，還是離不開「你丟我撿」、「丟丟樂」或「水球世界」這些平凡無趣的名稱。

丁美怡建議：「可以取比較有氣質的名稱嘛。像『雨中世界』、『大雨小雨落地

上』都不錯啊。」

陳玟歪頭望著窗外，好像忽然有了靈感：「叫『落花流水』如何？」

我實在想不出丟水球怎麼會和「落花流水」有關。

陳玟喜孜孜的舉例說明：「園遊會那天，我拿著一袋袋水球，把張志明打得落花流水。」

全班不得不承認，她這句成語使用得恰到好處。

於是，我的任務便成了——回家繪製幾張「落花流水」海報，以招攬顧客。

園遊會那天，楊媽媽一早便穿著輕便運動服，在本班攤位協助。她好心的催促老師去休息：「您平時教學太辛苦了，今天由我來。」

在楊媽媽指揮下，李佩佩與丁美怡必須每隔五分鐘，

就在攤位前高呼：「歡迎光臨落花流水攤位」。而范彬則舉著我精心設計的大旗——黑色壁報紙上畫滿大大小小的白點，不斷揮來揮去。楊媽媽說：「做生意一定要周到，讓顧客無法忽視你的存在。」

至於陳玟與楊大宏，因為數學成績一向優異，當然由他們負責點收園遊券。陳玟還向爸爸借了一只迷你保險箱，保證我們賺的每分錢都不會遺失。

張志明已經穿好他所謂的性感泳裝了：胸前印著一隻

豬的T恤。

我問他：「這算什麼泳裝？」他還說：「我怕我的健美肌肉會造成觀眾暴動。」

豔陽高照，我們裝好一箱箱水球，等著顧客上門。陳玟左望右瞧，連連批評：「二班賣雪綿冰，三班賣果凍；真沒創意。」

第一位客人，是教我們美勞的趙老師。她撕下園遊券，說要送給本班，友情贊助，預祝我們生意興隆。張志明興奮的跑到木板後面，嚷著：「老師，快來丟我！」趙老師卻搖搖手：「不

用了，你只要記得缺交的作品明天補交就好。」

緊接著，希望張志明補繳習作的自然老師，也來友情贊助我們。

楊媽媽笑著說：「看不出來，張志明人氣挺旺的。」

好不容易，終於看到兩個低年級的走過來。丁美怡死命拉住他們，李佩佩用慈祥的語調鼓吹：「小朋友，來玩丟水球，只要兩張點券喔。」

兩個小鬼咧開缺了門牙的嘴，點點頭：「好，我們要買水球。」我趕快殷勤的獻上兩顆水球，教他們朝木板後的張志明用力丟。沒想到，小鬼竟然癟起嘴，委屈的說：「我們只要買水球。」

張志明白他們一眼，沒好氣的叫他們走開，然後也很委屈的抱怨：「居然沒人要丟我。」

幸好，到隔壁攤位買冰的人潮越來越多，也順便幫本班拉來一些生意。就在我們手忙腳亂，忙著添加水球時，赫然發現負責揮大旗的范彬不見了。再仔細一瞧，他並沒有走遠，正在二班攤子前大喊：「老闆，買兩個雪綿冰，草莓和巧克力。」

半天的園遊會結束了，陳玟抱著保險箱，非常滿意的走回教室，對大家宣布：「本班淨賺八千元，畢業前可以辦一次豐盛的同樂會。」

全班歡聲雷動，都忘了提醒陳玟，不應該表現出「賺錢好快樂」的樣子。

暴龍老師倒是沒忘記誇獎張志明：「你的功勞最大，同樂會一定

好好補償你。」

於是，全班一致通過，將來辦同樂會時，再玩一次丟水球，並且讓范彬扮演被丟的角色。

范彬很生氣，大叫：「我又沒有性感泳裝可以穿。」

17 母親，您真偉大

當美勞課進入「康乃馨製作」這一個單元時，就是在提醒我們，一年一度的母親節又來臨了。

萬一美勞課沒有製作康乃馨，也沒關係，音樂課開始教唱〈母親，您真偉大〉，同樣具有提示效果。

如果音樂與美勞老師居然都忘了這個偉大節日，還是無所謂，因為學校合作的麵包店會開始發「母親節蛋糕優惠訂購單」，來昭告全校師生。

但是，今年可不一樣。為了慶祝母親節，學校準備舉辦大型活動，慰勞辛苦的媽媽，讓學生知道，母親真的很偉大，我們不可忘記。

首先，輔導室發起「模範母親選拔比賽」，每班選出一位媽媽，在慶祝會當天接受表揚。輔導主任說得好：「媽媽一年到頭含辛茹苦、做牛做馬，卻從來沒有人給她掌聲鼓勵，太不公平。」所以，今年本校的媽媽很幸運，只要有感天動地的偉大事蹟，就有可能獲選為班級模範母親，讓大家為她拍手。

接下來，還有節奏樂隊與跆拳校隊的精采表演，讓媽媽們大飽眼福。陳玟負責節奏樂隊低音鼓，她偷偷透露，到時一定會賣力敲打，

讓美妙鼓聲響徹雲霄，以示普天同慶。

壓軸節目是各班的溫馨聚會，屆時各班來參加活動的媽媽，每個人須準備一道菜，可以一面聚餐，一面欣賞各班演出。最後，每位學生送上精心製作的小禮物，和媽媽一起回家，為這個慶祝活動畫下完美句點。

聽完老師的說明，范彬馬上舉手提問：「報告老師，我發現節目安排有漏洞。」

暴龍老師問：「是嗎？」

「對呀，從頭到尾都沒有講到，飲料是各班自己買，還是學校統一供應？」

班長陳玟白他一眼：「奇怪，

剛才老師有提到『飲料』這件事嗎？」

范彬吞了吞口水：「我們要準備周全，不可以讓來參加的媽媽口渴。」

由於全班最耳熟能詳的一句話，就是媽媽們平時最愛勸我們的：「白開水最健康。」所以，這個漏洞根本不是問題，慶祝會那天，我們會將水壺灌滿，以最健康的白開水招待偉大的母親。

解決了飲料事件，暴龍老師接著問：「關於模範母親選拔，你們有什麼意見？」

楊大宏推推眼鏡，嚴肅的說：「雖然我認為我媽媽真的很傑出，不過，我願意犧牲小我，把這個機會讓給別的

同學。」

這句話實在有點奇怪。不過，陳玟也立刻跟進：「我媽媽跟楊媽媽一樣，都是功德會的師姐，做善事從不求回報，我也把機會讓出來。」

「嗯，你們很懂事。」暴龍老師點點頭，「果然是優等生，會體貼母親。」

范彬卻忽然舉手說：「老師，如果他們都不要的話，那就送給我媽媽好了。我覺得我媽媽不錯，她炸的排骨很酥很好吃。」

陳玟轉頭反對：「我們是選模範母親，又不是選優良廚師。」

「媽媽每天煮飯很辛苦，要給她拍拍手；這是輔導主任說的啊。」范彬嘟著嘴，不高興的坐下來。

暴龍老師想了想，最後決定沿用老方法，發選票給每個學生，請大家帶回去給爸媽圈選。

媽媽看了選票，問我：「你覺得應該選誰的媽媽？」

「當然是您嘍，您把我照顧得無微不至。」

由於我說對話，又引用一句高級成語，媽媽眉開眼笑的准許我看一小時電視，還答應當天會去參加慶祝會。至於選票，她想了想，說：「其實我也沒那麼偉大，不過是一個平凡的媽媽；只要你能明白我的苦心，就是最好的禮物。模範母親還是讓給別人吧。」

她圈選了楊大宏的媽媽，因為楊媽媽是愛心媽媽，每天早上都到學校幫忙輔導功課落後的學生。

選票收回後，楊媽媽以高票當選。楊大宏在下課時，偷偷告訴我們：「我媽媽說，如果獲得這個獎，她會撥出

更多時間給本班，為暴龍老師分擔班務。」楊大宏看起來一副愁眉苦臉的樣子。

范彬無限惋惜的說：「如果是我媽媽當選就好了，她常常到學校來多好啊，可以順便幫我帶點心來。」

慶祝會當天，果然很熱鬧。許多媽媽打扮得既高貴又華麗，到學校來參加盛會。全校聚集在操場，用力為模範媽媽們鼓掌。上臺接受獻花的媽媽看起來感動得快哭出來的樣子。其中，楊大宏媽媽最忙碌了，聽說輔導室請她負

責買花，所以，她大清早就去花市採購、包裝，再送到學校，然後把其中一束獻給自己。

節奏樂和跆拳道表演完後，就是各班聚餐時間。我們教室在陳玟媽媽指揮設計下，布置得像高級餐廳，桌上鋪著粉紅色的桌巾。來參加的媽媽，有的拎著鍋子，有的端盤子，準備各式餐點，擺在桌上。暴龍老師還寫了名牌，放在每道菜旁邊，標示這道菜的「作者」是誰。

我走到「張君偉媽媽」那道菜前面，實在覺得不好意思。眼前擺的是一箱可樂，絲毫無法顯示我媽媽高超的烹飪技巧。說起來，也不能怪媽媽。前一晚，她為了出奇制勝，決定烤一個高難度的起司蛋糕，說要讓全班大開眼界。沒想到，一早在廚房忙了兩小時，卻因為蛋老是打不發，最後宣告失敗。心碎的媽媽，只好到超市隨便挑了一

箱可樂搬來。

范彬媽媽也來了，滿頭大汗的捧著一盤炸排骨，果然又香又酥，看起來讓人垂涎欲滴。楊媽媽準備的是炒米粉，據說從花市買完花，她就馬不停蹄在廚房忙了兩小時。丁美怡媽媽帶來的是南瓜糕，也是拿手菜。

看起來，還真像是媽媽們的烹飪比賽。

范彬一直鼓吹我們：「去吃排骨。」他說，既然標示每道餐點是誰做的，那就一定要捧場，不然媽媽多沒面子啊。他這麼一說，我們都趕快跑到自己媽媽做的菜旁邊，

強迫經過的人非吃不可。

本班在暴龍老師安排下，每個人大聲朗誦一句讚美媽媽的話。楊大宏說的是：「媽媽是菩薩心腸，刀子口豆腐心。」楊媽媽聽了哈哈大笑。陳玟說：「我媽媽齊家報國，是女性典範。」陳媽媽聽了也掩口笑得彎下腰來。

我對媽媽的讚美是：「您教我為人處事的道理，讓我明白『孝順的孩子不會變壞』。」

張志明對我眨眨眼，小聲說：「滿肉麻的。」

母親節慶祝會，就在媽媽們忙著收拾餐具與桌椅，還不忘和老師討論一下我們的學習態度中，圓滿的結束了。我媽媽非常快樂，因為她準備的那箱可樂，被一掃而光，是今天最有面子的菜餚。天氣太熱了，連許多媽媽都人手一罐呢。

18 紀念

張志明遞過來一本畢業留言冊，規定我：「明天以前交，寫兩頁，加插圖。」

「難不成這是回家功課？」我接過來一看，真不敢相信這是張志明的留言冊。

封面印滿粉紅色小天使，邊緣還有小貝殼裝飾圖案，怎麼說都無法跟張志明聯想在一起。

打開第一頁，張志明自己以潦草筆跡寫著：「誰敢潦

草亂寫，我會撕掉。」

「你的留言冊很浪漫喔。」我調侃他。

「這是書局大減價的便宜貨。」張志明抓抓鼻子，「不過，我會在封面加貼恐龍貼紙，看起來就會很高級。」

「咦，你已經請陳玟寫啦？」我順手一翻，瞧見班長的玉照，並寫滿兩頁訓詞，最後一句是勉勵張志明「敦品勵學，毋忘在莒」。

楊大宏嘴角帶著神祕微笑走過來。我一猜便中：

「陳玟幫你寫好留言冊啦？」

他抱緊留言冊，

死也不肯借我們看。

范彬倒是很大方，逐字逐句唸出陳玟送他的「墨寶」給我們聽：「范彬同學：生命意義須靠自己創造；希望你一帆風順，披荊斬棘，吃遍天下無敵手。摯友陳玟，草書於臺北。」

「哇！她在諷刺你。」我立刻指出陳玟的陰謀。

范彬卻說：「不要挑撥班長和我的友誼。」

楊大宏神情哀傷，顯然陳玟寫給他的留言，沒有自稱「摯友」。

范彬臉上泛著幸福的光采，要我們幫他動動

腦：「你們說我應該送班長什麼畢業贈禮，最有紀念性？」

「巧克力吧。」我直接從情人節禮物去思考。

楊大宏瞪我：「陳玟又不是范彬，眼裡只有食物。」

范彬寬宏大量，沒跟酸溜溜的楊大宏計較，還點頭認同說：「也對，巧克力一下子就吃完，只會變成身上的一塊肉。」

創意王子張志明指點范彬：「送她一件你常穿的衣服，讓她睹物思人。」

雖然張志明難得用對成語，不過楊大宏卻無情的說：「上次我看電視的靈異節目，提到如果有人失蹤，就拿這人常穿的衣服去給乩童作法。」

「送行動電話好了。」我想到電視上的廣告，男生當兵時，送女友行動電話，可以隨時千里傳話。

范彬哇哇大叫：「很貴耶。」

「這麼小氣，還想交什麼女朋友。」張志明拍拍范彬的肩膀。

范彬一向沒有原則，想了想也覺得不對勁：「算了，我還是把錢拿去買巧克力，吃進自己肚子比較實在。」

女生們也開始討論畢業相關話題。不但整天將留言冊傳來傳去，還規定留言的人貼相片，填寫嗜好、血型、星座、偶像等等資料，跟調查局一樣仔細。丁美怡還指定寫的人要將「家裡使用的節能減碳電器用品」也填上，因為他們家是環保人士。

陳玟恭敬的捧著留言冊，請暴龍老師給她勉勵。老師說：「先放桌上，我等一下好好思考，要寫什麼。」

張志明也如法炮製，捧著小天使留言冊給老師，老師

皺了皺眉頭，說：「我還是不要留下證據，讓全國百姓知道，我曾經教過你。」

「開玩笑的啦，老師當然不會這麼烏鴉嘴。說不定將來張志明是本班成就最高的人呢。」暴龍老師笑著拍拍張志明的頭，迅速打開他的留言冊，寫下：「每天只需要睡八小時就夠了。」

陳玟湊近一看，替張志明翻譯：「老師寫的這句話另有涵義，可以延伸為：每天只需要玩一小時就夠了，每天只需要被罵十次就夠了，每天只需要……」

張志明回敬陳玟：「還有

每天只需要記三十個名字就夠了。」

范彬把留言冊打開，指明請老師寫在第一頁。他一面嚼肉包，一面提醒老師：「不必再寫『請控制飲食』，這句話自然老師已經寫了。」他還公布：「美勞老師寫的是『多吃非福』；體育老師是『小心體重』；音樂老師是『小時胖，長大要瘦也難』。」

「我覺得現在的老師都很有人性，會鼓勵我們。」范彬吞下半個肉包，打開一顆陳皮梅，很感性的做結論。

陳玟和李佩佩、丁美怡商量很久，一直無法決定送什麼給老師。張志明很權威的教導她們：「不能送傘，代表『散』；也不能送梨子，代表『離』。手帕更不行。」

「為什麼？」三個女信徒齊聲問。

張志明抓抓鼻子：「老師又不是女生。」

陳玟想了想，最後還是決定回家讓媽媽傷腦筋。

范彬已經打消送陳玟「浪漫紀念品」的念頭，楊大宏卻依然非常執著，想要感動陳玟。他竟然做出讓我們跌破眼鏡的事，在陳玟的留言冊上寫著：「畢業後，我將每晚為你寫一篇日記，以示我倆友誼永固。」

雖然楊大宏很嚴肅的向我們解釋：「這是為了訓練我的文筆，並培養持之以恆耐力。」但是，我們已經氣得不想和他走在一起，怕損了男性威風。

沒想到，這招居然產生效果。陳玟在畢業考前一天，送給楊大宏一枝筆，說是讓他寫日記用，還深情的說：「這是我阿姨從美國帶回來的，可以寫很久。」

雖然楊大宏後來發現，那枝筆會漏水，可是他已經樂昏頭了。感情專家張志明熱心的為他分析：「筆代表『比』，就是比賽、比例的意思。」

什麼比賽、比例，我聽不懂；楊大宏卻推推眼鏡，點點頭：「嗯，就是祝我參加比賽會得獎，日後身高體重比例正常。」

能扯得這麼離譜，代表楊大宏的確被沖昏頭。

畢業典禮越來越近，全班開始有了不一樣的氣氛。每個人的畢業留言冊都精采萬分，寫滿同學的祝福或感言。我媽媽也為我買了一本留言冊，第一頁便是她密密麻麻的

筆跡：「親愛的偉偉，沒想到你就要滿十二歲。想當年，我還在幫你換尿布……」

這就是媽媽送給我的畢業賀詞，滿有紀念性的。

後記1

畢業典禮那一天

哭得最傷心的人

楊大宏的媽媽，第二名是我媽媽。

最不開心的人

范彬。沒有下課時間可以吃肉包與陳皮梅。

最意外的人

張志明。領了一個「全勤獎」；而且獎品和校長獎的一樣，都是英漢字典，甚至比校長獎的還多十頁。

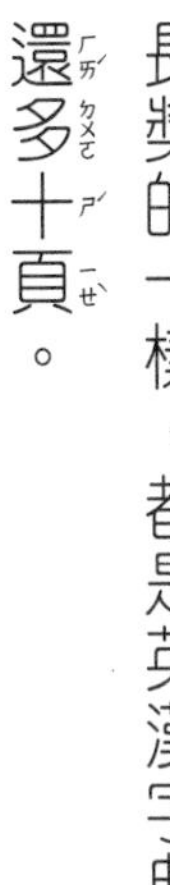

最高興的人

暴龍老師。畢業典禮從頭到尾都坐在江美美老師旁邊。

最憂鬱的人

五班的林世哲。他一直舉手檢舉隔壁同學講話，但是五班導師沒看見。

聲勢最龐大的人

陳玟。陳家共計十人出席，陳爸爸全程攝影，陳媽媽拍照，堂弟獻花，爺爺、奶奶在一旁用力鼓掌。

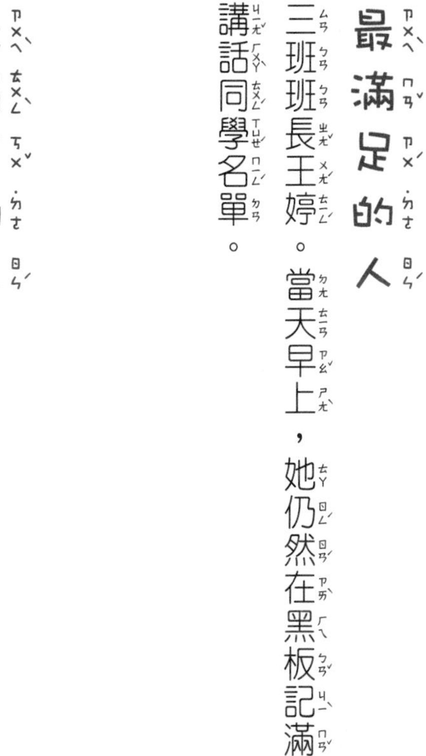

最豐收的人

六班的白忠雄。他帶油性簽字筆來賣，生意很好，很多人買來請老師在畢業紀念冊上簽名。

最滿足的人

三班班長王婷。當天早上，她仍然在黑板記滿講話同學名單。

最痛苦的人

九班的李靜。根據星座算命，她算出當天並不適合外出。

最苦惱的人

校長。找不到機會說「學校很窮」這句校訓。

最忙碌的人

校門口的小販，販賣鮮花與紙扇。鮮花獻給恩師；紙扇用來搧風，活動中心實在太熱了。

後記 2

他們的畢業感言

張君偉的畢業感言

希望國中能遇見一位好老師，還能與國小同學永不相忘。

張志明的畢業感言

今年沒有暑假作業耶。

陳玟的畢業感言

這是人生嶄新的里程碑，我將效法田單復國精神，昂首向前。希望上國中，還能當選班長，為社會盡力，為人民除害。

楊大宏的畢業感言

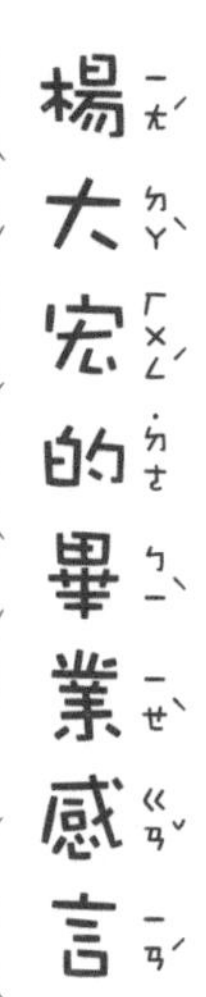

根據百科全書上寫的，十三歲開始，進入青春期，身心發展有時不平衡。最重要的是，男生身高就會比女生長得快。

范彬的畢業感言

希望國中合作社也有賣肉包，熱的。

暴龍老師的畢業贈言

你們總算畢業了。

附錄

《六年級怪事多》的回憶錄

親愛的讀者，你是否已經讀完《一年級鮮事多》到《六年級怪事多》等六本書呢？以下十二道題目，請你試著作答，考驗一下你的記憶力。

1. 君偉一年級時，跟誰坐在一起？
2. 張志明讀一年級時，曾經代表班上去參加什麼比賽？
3. 君偉在哪一本書中有提到他媽媽的名字？叫什麼？
4. 君偉全班曾經在學校看過一部電影，片名是什麼？
5. 楊大宏真正的志願是什麼？
6. 君偉第一次到同學家是幾年級？到誰家？

7. 君偉一到六年級，各就讀哪一班？

8. 這六本書中，曾經出現過哪些全班一起參加的比賽？

9. 我最喜歡六本書裡的哪個人？為什麼？

10. 我覺得我們班的哪些人，跟書裡的哪些角色很像？

11. 所有教過君偉的老師中，我最喜歡誰？理由是什麼？

12. 我對我自己一到六年級的形容詞：

一年級（　　　）　二年級（　　　）

三年級（　　　）　四年級（　　　）

五年級（　　　）　六年級（　　　）

作者簡介
王淑芬

生日——很久很久以前的5月9日

出生地——臺灣臺南

小時候的志願——芭蕾舞明星

最喜歡做的事——閱讀好書，做手工書

最尊敬的人——正直善良的人

最喜歡的動物——貓咪與五歲小孩

最喜歡的顏色——黑與白

最喜歡的地方——自己家

最喜歡的音樂——女兒唱的歌

最喜歡的花——鬱金香與鳶尾花

畫者簡介

賴馬

1968年生，27歲那年出版第一本書《我變成一隻噴火龍了！》即獲得好評，從此成為專職的圖畫書及插畫創作者。
賴馬的圖畫書廣受小孩及家長的喜愛，每部作品都成為親子共讀的經典。獲獎無數，包括圖書界最高榮譽的兒童及少年圖書金鼎獎，更曾榮登華人百大暢銷作家第一名，是第一位獲此殊榮的本土兒童圖畫書創作者。
代表作品有：圖畫書《我變成一隻噴火龍了！》、《愛哭公主》、《生氣王子》、《勇敢小火車》、《早起的一天》、《帕拉帕拉山的妖怪》、《金太陽銀太陽》、《胖先生和高大個》、《猜一猜 我是誰？》、《慌張先生》、《最棒的禮物》、《朱瑞福的游泳課》、《我們班的新同學 斑傑明・馬利》、《我家附近的流浪狗》、《十二生肖的故事》、《一樣不一樣 斑傑明・馬利的找找遊戲書》、及《君偉上小學》系列插圖。（以上皆由親子天下出版）

作者｜王淑芬
繪者｜賴馬

責任編輯｜許嘉諾、熊君君、江乃欣
特約編輯｜劉握瑜
封面設計｜丘山
電腦排版｜中原造像股份有限公司
行銷企劃｜林思妤

天下雜誌創辦人｜殷允芃
董事長兼執行長｜何琦瑜
兒童產品事業群
副總經理｜林彥傑
總編輯｜林欣靜
主編｜李幼婷
版權主任｜何晨瑋、黃微真

出版者｜親子天下股份有限公司
地址｜臺北市104建國北路一段96號4樓
電話｜（02）2509-2800　傳真｜（02）2509-2462
網址｜www.parenting.com.tw
讀者服務專線｜（02）2662-0332　週一～週五：09:00~17:30
讀者服務傳真｜（02）2662-6048　客服信箱｜parenting@cw.com.tw
法律顧問｜台英國際商務法律事務所・羅明通律師
製版印刷｜中原造像股份有限公司
總經銷｜大和圖書有限公司　電話：（02）8990-2588

出版日期｜2012年8月第一版第一次印行
　　　　　2023年3月第二版第一次印行

定價｜360元
書號｜BKKC0056P
ISBN｜978-626-305-412-7（平裝）

訂購服務——
親子天下Shopping｜shopping.parenting.com.tw
海外・大量訂購｜parenting@cw.com.tw
書香花園｜台北市建國北路二段6巷11號　電話｜（02）2506-1635
劃撥帳號｜50331356 親子天下股份有限公司

國家圖書館出版品預行編目（CIP）資料

六年級怪事多 / 王淑芬文；賴馬圖. -- 第二版.
-- 臺北市：親子天下股份有限公司, 2023.03
注音版
208面；19×19.5公分. --（君偉上小學；6）

ISBN 978-626-305-412-7(平裝)

863.596　　111021923

立即購買＞